鍔鳴的太刀
GOBLIN SLAYER!
蝸牛くも
Kumo Kagyu
繪者／lack
Illustration
中

Character 人物介紹

Sword Maiden lily

女主教

G-BIS
HUMAN FEMALE

你們在城塞都市的酒館遇見的少女。雙眼在過去的冒險中受了傷。能夠憑藉至高神的權能「鑑定」物品。

Blessed
Hardwood spear

女戰士

N-FIG
HUMAN FEMALE

你們在城塞都市遇見的少女。是已經進過迷宮的「經驗者」。使槍的凡人戰士。

You are the Hero

你

G-SAM
HUMAN MALE

四方世界北方的「死亡迷宮」入口處有座城塞都市。你是剛來到那座城市的凡人(Hume)冒險者。修習彎刀刀法的戰士。

DAIKATANA The Singing Death

Elite solar trooper, special agent and four-armed humanoid warrior ant

蟲人僧侶

G-PRI
MYRMIDON　MALE

你們在城塞都市遇見的冒險者。以迷宮「經驗者」的身分擔任你們的參謀。侍奉交易神的蟲人族僧侶。

Hawkwind

半森人斥候

N-THI
HALF ELF　MALE

在前往城塞都市的途中與你們相遇的冒險者。懂得隨機應變，擅長調解紛爭。是團隊裡的斥候(Scout)。

One of the All-stars

堂姊

G-MAG
HUMAN　FEMALE

與你一同來到城塞都市的堂姊。心地溫柔又愛擺姊姊架子，同時也有少根筋的一面。是在隊伍後方負責指揮的凡人魔法師。

——事情的起源已無人能知。

是可憐的農夫挖出了拱心石，愚蠢的小孩打破了神社的封印，還是天之火石所致？

總而言之，「死」朝整塊大陸溢出，是在不久後的日子。

疾病乘風擴散，吞噬人類，亡者甦醒，草木乾枯，空氣混濁，水源腐敗。

當時的國王下令，「查明『死』的源頭，將其封印。」

大陸的勇士們挺身而出，全數被「死」吞沒，曝屍荒野。

只有某個團隊（Party）留下一句話。

「北方的盡頭有『死』的入口。」

是誰發現那個地方的，無人能知。

那名冒險者也已經消失在「死」面前。

「死亡迷宮（Dungeon of the Dead）」。

人們聚集在無異於死神之口的深淵邊緣，不知何時建立起一座城塞都市。

冒險者在城塞都市召集同伴，挑戰迷宮，戰鬥，獲取財寶，有時直接命喪黃泉。

如此光輝燦爛的日子，一而再再而三地重複（Hack and Slash）。

源源不絕的財寶及怪物，永恆的襲擊與掠奪。

情。

生命彷彿不值錢似地大量犧牲，冒險者沉溺於夢想中，眼神不知不覺失去了熱

最後只剩下與「死」為鄰，不斷受炭火燻烤，宛如灰燼的冒險時光……

四之段
猛虎暗殺拳
Critical of the Tiger

「嗨，看來你們的冒險挺順利的嘛。」

事情發生在你們習慣探索地下二樓的某天早上。

你跟平常一樣坐在酒館的餐桌前等待同伴，突然有個人晃到你面前坐下。

「我聽說囉，你們把那些初學者獵人殺光了？」

一陣風吹來。影子於斗篷底下搖晃。

一名感覺會喜歡惡作劇的少女，咧嘴露出愉悅的笑容。身體勾勒出讓人聯想到雕像的美麗線條。

——對。你點頭表示理解。是那個情報販子。

你對酒館裡眾多冒險者發出的喧囂聲置若罔聞，向她道謝。

當然不是在謝她對你們的稱讚，而是針對提供情報一事。

「沒什麼好謝的。我也不是毫無目的。」

是嗎？你沒有繼續追問，把玩著手邊的杯子。

裡面裝的是檸檬水。你不會在同伴們起床前就開動。

今天的行程十之八九是潛入迷宮，不過還是跟其他人商量後再決定比較好。

「你的同伴呢？」

在馬廄。因為其他人可能沒辦法跟你一樣，每天早晚都做訓練。

然而，她的讚許使你覺得不太對勁。

酒館裡全是衝著金銀財寶而來的冒險者，沒道理特別挑你們出來誇。

基於不求回報的善意行動的人，在這個亂世頗為珍貴……她的意思是這個吧。

不意外，讓同伴陪著你做白工，你自己也深感愧疚。

沒有好處就不會採取行動，極其合理。

不過正因為是個性奇特的你和你的同伴，才不會宣揚自己的功勞。

這樣的話，這個情報販子是從哪聽說你們的事蹟……

「當然是路人說的囉。」

對於你的疑惑，情報販子一副「問這什麼問題」的態度如此回答。

「跟打招呼的時候順便聊到天氣一樣。有名的冒險者都會被其他人拿來談論。」

她舉起一隻手叫住女侍，點了杯檸檬水。

你目送女侍晃著長兔耳、豐滿的胸部、圓潤的臀部及尾巴離去，思考起來。

——情報的出處，恐怕是武器店老闆或交易神的修女。

你們從初學者獵人的巢穴離開後，只有將這件事告訴那兩個人。

死人不會用裝備。你們果斷將那些人的裝備賣掉，換成資金。

想找人幫忙埋葬從屍體身上回收的識別牌，也需要捐一些錢。

由此判斷，不是老闆就是修女……從修女的個性來看，肯定是她沒錯。

——她看起來是只要給錢，就會樂於打開話匣子的人。

你說出自己的推測，情報販子大笑著說：

「誰知道呢。哎，冒險順利是很好，小心一個疏忽就會送命。因為現實就是這樣。」

你不服地噘起嘴。怎麼講這種話。雖然她說得沒錯。

可是你並沒有繼續反駁。

因為只要來過這間酒館幾次，就能深深體會到。

前天還坐在其中一張圓桌前的團隊(Party)，昨日忽然失去蹤跡。

今天則由穿著全新裝備的團隊(Party)占據那個座位。

他們能在「死」面前抵抗多久，與你無關。

你和你的團隊(Party)亦然。

「總之就是萬萬不可大意。」

她彷彿看穿了你的想法，輕笑出聲。

「地下二樓下面還有地下三樓，三樓下面還有四樓。前面的路還很長。可不能死喔。」

她喝著檸檬水說道，你點頭贊同。沒錯，可不能死。

畢竟你的劍終於搆到二樓，差不多可以朝三樓邁進。

而地下三樓已經有先行者，並非人跡未至的區域。

既然你的願望是想走到能憑自己的劍抵達的地方，自然也該挑戰三樓。

「不過。」

陷入沉思的你，意識被這句話拉回現實。

「好像還沒找到通往地下四樓的樓梯。」

你抬起臉，對面放著一杯快喝光的檸檬水。

肯定是女侍忘記收了。你下達結論，調整坐姿。

回過神時，周圍的談話聲蜂擁而至，你意識到自己坐在充滿活力的酒館正中央。

那麼，團隊（Party）的同伴也該到了……

「抱歉，方便跟你坐一起嗎？」

忽然跟你搭話的聲音英氣十足，強而有力，散發令人稱羨的典雅氣質。

回頭一看，是個身穿閃亮金剛石鎧甲的美男子。

旁邊站著一名如同黑影的嬌小銀髮少女。

——圃人（Rare）嗎？

你瞬間產生這個想法，不，大概是凡人（Hume）。但沒什麼存在感。是斥候（Scout）嗎？

你回答「如你所見，我一個人，坐吧」，那人便點頭坐到你對面。

少女從附近的圓桌拉來一張椅子，輕輕坐到上面，兩腿在空中晃動。

大概是沒打算聽你們說話。

是你的同伴嗎？你問。金剛石騎士回答：

「有點緣分。她好像是孤兒院出身，不知為何……我經常受她幫助。」

聽說他是貧窮貴族家的三男，不過騎士的裝備果然不錯。

你拿這句話開啟話題，他靦腆一笑。

「哎呀，實力也得配得上這身裝備才行……我早就想跟你好好說一次話。」

你猜得到他想說什麼，卻沒有明言，回問他的用意。

「用不著那麼謙虛。那群不法之徒，是各位除掉的對吧。」

不好說。你聳了下肩膀。這座城鎮冒險者很多，未必是你們。

「的確，單論有實力挑戰地下三樓的人，這間酒館也是有。」

金剛石騎士用銳利的目光環視聚集在酒館的冒險者。

他們將財寶放在桌上，大口喝酒，毫不掩飾喜悅，大聲嚷嚷。

看見那熱鬧又充滿活力，卻有點空虛的畫面，金剛石騎士垂下視線。

「然而，要說會主動挑戰難關，試圖突破的冒險者，頂多只有我和你的團隊(Party)吧。」

你感覺到這句話中帶有一絲嫌惡，搖頭表示「誰知道呢」。

若要說其他人是為了自身的利益而行動，你也差不多。

賭命賺錢、拯救世界、踏上鑽研劍術的道路，全是等價之物吧。

無論方針(Alignment)為何，其中並不存在優劣。

因為到頭來，最後不是生，就是死。

「……你的觀點挺有趣的。」

哂。金剛石騎士吐出一口氣，點頭切換話題。

「不談這個了。聽說有個前途有望的新團隊(Party)，正在愈變愈強。」

稀鬆平常。沒有地方的冒險者輪替速度快得過這座城鎮。

因為這裡跟其他都市——公會大不相同。

用不著考慮社會貢獻，一切只看抵達樓層、賺到的金額，也就是個人的本事。

與等級、信用無關，對於想單憑實力飛黃騰達的人來說，是絕佳的地點。

在這座迷宮中，這就是全部。

「聽說頭目（Leader）跟你一樣，拿著一把細長的彎刀（Sabel）。」

——哦。

你下意識握住掛在腰間的彎刀刀柄。

那還真有趣。有機會的話真想會會那個人。

「若有緣分，雙方又還活著，總有機會見面。」

說得也是。你笑著附和金剛石騎士。

話說回來，看他一大早就全副武裝，是要進迷宮探索嗎？

「沒錯。」

騎士點頭。腰間的長劍旁邊還有一把短劍。是之前沒有的武器。

「噢，它啊……嗯，上次太大意了，所以我打算在跟敵人近身纏鬥時拿它應戰。」

拔劍，刺出。的確，如果用反手拔劍，一個動作即可完成。

你為他所下的工夫喃喃說道，向他確認通往地下四樓的樓梯尚未發現的傳聞。

「哦，消息真靈通。」

金剛石騎士沒有隱瞞，肯定這個傳聞。

你也不知道自己是從哪聽說的——也罷，這不重要。

祝你武運昌隆。你對他說道，金剛石騎士像隻睡獅似地展露笑容。

「嗯，這個祝福再令人心安不過。」

就在這時……

「討厭，對不起，我遲到了。昨天的黏液還有點黏黏、的……」

帶著睡意的聲音，突然伴隨輕盈的腳步聲傳來。

看都不用看，正在朝這張圓桌走過來的，八成是女戰士。

她的聲音在接近你身後時戛然而止。

那名嬌小的銀髮少女忽然神情嚴肅地詢問你。

「史萊姆？」

史萊姆。

「是嗎？」

經過瞬間的沉默，少女說了句「不好意思」，別過頭，肩膀開始劇烈抖動。

金剛石騎士露出難以言喻的表情。你聳聳肩膀。沒辦法，這是事實。

身後的女騎士現在不曉得是什麼樣的表情，想像起來實在很愉悅。

§

「哈哈哈哈哈哈哈哈！因為史萊姆很喜歡妳嘛！」

半森人斥候明亮的笑聲，於浮現模糊白色輪廓線的黑暗中迴盪。

你努力不去看坐在旁邊的女戰士，保持沉默。

這裡可是地下迷宮內部。雖說是休息時間，你堅持不能大意。

「但她身為前衛，這也是無可奈何……我是這樣想的。」

堂姊戰戰兢兢地幫她說話。嗯，你也覺得無可奈何。

組隊時決定的前衛，是你、她和蟲人僧侶三人。

魔物第一個朝自己撲過來的機率是三分之一，只能說是運氣問題。

「而且，這座迷宮的史萊姆沒那麼難纏。」

每次都躲過那三分之一機率的蟲人僧侶，尷尬地開口說道。

他甩掉彎刀上的黏液，緩緩收入腰間的刀鞘。

不愧是創造語言的風之神——交易神的信徒，他的說法挺深奧的。

聽說黏菌分成許多種。其中也有擁有智慧、懂得使用法術的種類。

「沒被酸或毒溶掉，整個人吞進去就夠幸運了。」

是沒錯。儘管稱不上安慰，出現於地下一樓的黏塊的確很弱。

在你思考之時，堂姊湊近女戰士，默默觀察她的臉色。

「……還好嗎？」

「……嗯。」

女戰士乖得像無精打采的小孩，點了下頭。

她隔著鎧甲擰乾溼透的衣物，擦乾臉，慢慢站起來。

然後露出宛如暴風雨前平靜的海面的溫和微笑。

「……等等得讓他後悔剛才要笑我呢。」

「唉唷……」

看見那抹微笑，半森人斥候表情瞬間僵住。

你偷偷在心中朗誦兩、三次避雷的咒文，思考接下來的安排。

偷襲你們的史萊姆群都清乾淨了。也不知道這是吉兆還凶兆。

你望向走過好幾趟的地下一樓的通道深處。

白色輪廓線連綿不絕的黑暗深淵，飄散出無論如何都習慣不了的死臭。

「那、那個！」

女主教拉扯你的袖子。

你詢問她的用意，她打開畫著地圖的羊皮紙，將臉湊近。

「今天……要挑戰地下三樓，對不對？」

沒錯。

你冷靜地點頭，又說了一遍「我正有此意」，重新下定決心。

——不是因為看到那個金剛石騎士，才想加快步調。

應該。你像在自言自語似地反覆說道。

地下二樓探索得很順利，你想到地下三樓看看，好測試自身的技術。

在這座死亡迷宮的最前線，自己的劍究竟能否起到作用……

「那麼，得重新確認路線……走最短路徑是嗎？」

「每次都得特地回到樓梯處真的很討厭……」

女戰士還在鬧脾氣。你苦笑著對女主教說「麻煩了」。

「好的，請放心交給我。」

女主教小巧的臉蛋漾起笑容，帶著滿面的喜色——使命感，認真點頭。

地下迷宮很大。沒有製圖人，你還真不知道該往哪個方向走。

有人宣稱這是世上最為幽深的迷宮，這玩笑一點都不好笑。

或許是因為精神都要集中在探索及戰鬥上，連時間感在這邊都會被打亂。

白天進去，夜晚出來。聽說也有以為只過了一天，其實已經過了好幾天的案例。

不過大部分的情況下，在連續戰鬥數日的過程中失去專注力，導致團隊（Party）全滅的案例似乎更多。

好幾天沒出現在酒館的冒險者，大多再也不會出現。

然而——也不會有人刻意去提。

「這座迷宮的頭頭性格絕對很扭曲。不會錯。」

半森人斥候面色凝重，對你的感想表示同意。

「這種枯燥乏味的路，走著走著就膩了。」

「真希望能瞬間來回。例如靠『轉移（Gate）』的法術！」

再從姊兩手一拍，一副想到好主意的態度。

真是個好主意。撇除掉「轉移」是失傳已久的法術這一點！

「而且，『轉移』並非無所不能。」

蟲人僧侶緩緩開口，嘴巴敲出魄力十足的喀嚓聲。

「中了『轉移』陷阱的人，和卷軸上的座標寫錯的術師，大部分……」

「？」

「……都會跑到石頭裡。」

面露疑惑的**再從姊**，立刻嚇得表情僵住。

她身體一顫，往後跳了幾步，害怕地環視四周的牆壁，抱住雙肩。

女戰士笑咪咪地看著她，拍了下斥候的肩膀，語氣凝重。

「責任重大喔。」

「……別嚇咱啊，咱說真的。」

放心，開寶箱的時候我會離得遠遠的。

「老大……」

聽你這麼說，半森人斥候露出可憐兮兮的表情，然後大笑出聲。

若你沒有特別留意開寶箱時要站在旁邊，就算是開玩笑也講不出這種話。

「……那塊黑暗區域的後面，說不定有什麼東西。」

女主教摸著墨水的痕跡判讀地圖，突然低聲說道。

女戰士微微歪頭，撥開垂在臉上的頭髮。

「什麼東西？」

「我也不清楚……類似『轉移』魔法陣的，某種東西。」

「嗚！」

你無視**再從姊**的驚呼聲，抱著胳膊沉吟。

黑暗區域……是指地下一樓角落的暗黑領域吧。

即使是在這座昏暗的迷宮中，多少也看得見東西。

證據就是通道的輪廓線隱約可見。

但也有完全看不見前方的黑暗區域。

在地下一樓和地下二樓往返時，你們都會從深不見底的入口前方經過。

若迷宮入口是怪物的嘴巴，這就是通往深淵的入口吧……

「那裡啊……」女戰士憂鬱地說。「聽說有人進去過。」

「無人歸來？」

她點頭回答蟲人僧侶。

這座城市很多夢想一攫千金的冒險者，因此無用的**冒險**不受歡迎。

儘管如此，那些不知死活的人依然敢於發起挑戰，然後再也沒有回來，意即……

「……創造這座迷宮的傢伙，果然很扭曲。」

半森人斥候不屑地說。你深有同感。

「快、快點出發吧！安全第一，安全第一！」

臉上的恐懼仍未消失的**再從姊**吆喝道。你深有同感。

你點頭，輕拍女主教的肩膀。差不多該走了。前路漫漫。

「啊，是！」

她頻頻點頭，迅速捲好地圖，站起身。

「走吧！」

幹勁十足。非常可靠。

§

之後，你們在好幾間墓室經歷戰鬥，爬下長長的繩梯。

地下二樓——在景色幾乎沒有變化的迷宮，連自己的位置都無法確定。

放眼望去盡是黑暗，通道的輪廓線於空中浮現。

擔任製圖人的女主教，憑藉墨水的觸感向你們下達指示。

「之前有發現通往地下三樓的繩梯，應該不會迷路……」

交給妳帶路了。你對她說道，檢查彎刀，確認同伴的狀態後走上前。

幸好目前還沒遭遇徘徊（Wandering）的怪物。

雖然免不了要跟守在墓室的魔物開戰，戰鬥次數已經控制在最少了，是個好起頭。

「要去新的地區探索，法術得省著點用。」

在後衛負責管理法術資源（Resource）的堂姊，把它講得跟小孩子的零用錢一樣。

「不知道裡面有什麼東西，大家要小心！」

看你唸著「是是」敷衍她，走在旁邊的女戰士輕笑出聲。

「你也會用法術對吧。好羨慕喔。」

沒什麼了不起的。你聳聳肩膀，瞄了身後一眼，壓低音量。

你不希望她得意忘形，所以不敢講太大聲，以術師的能力來說，那傢伙厲害多了。

「這樣呀？」

你斜眼瞪了下不知道在竊笑什麼的女戰士，在轉角處轉彎。

眼睛明明習慣黑暗了，卻仍舊看不清前方，感覺十分討厭。

迷宮的景色枯燥乏味，至於聲音，只聽得見你們的腳步聲及裝備的碰撞聲。

連氣味都極其平淡，難怪戰士的五感會麻痺。

你必須學會放鬆心情，以免注意力在戰鬥時分散。

不能鬆懈，但緊張的神經在關鍵時刻繃斷更危險。

因此你允許同伴聊天，也不排斥加入其中。

「之前的戰鬥你不是用了『力箭（Magic Missile）』嗎？你能用幾次？」

蟲人僧侶問。你算了一下，並不多。

單論次數的話，應該可以用兩、三次，但你是劍客，還不熟悉法術。

跟敵人交鋒時，不可能有餘力連續使用好幾次法術。

「那回去後，頭目也得練習法術囉。」

女主教笑著說道。她的天秤劍「哐啷」一聲晃了下，指出前進方向。

「之前我買了新的魔法書……非常有用喔？」

我知道。你回答。在兩種意義上。女主教似乎把那段記憶忘得一乾二淨。

沒錯，你知道閒暇之餘，她會跟堂姊一起認真學習。

不曉得她有沒有發現，在地下二樓經歷那場戰鬥後，她鑽研得更認真了。

你沒有跟堂姊提到**那幾位少女**。

她也沒有跟你提到。所以，你覺得這樣就好。

因此你故意露出不耐煩的表情說道「饒了我吧」，向斥候求救。

「不，老大，念書很重要！」

唉唷。

「世界上很多人不識字、不會算術。多念點書差很多哩！」

他雙臂環胸對你說教，你無言以對。

你碎碎念道「可以的話，我想練劍」，女戰士故意提高音量。

「姊姊，妳弟好像有話要說喔——？」

是堂姊。你立刻糾正。

「好好好。姊姊會盯著你學法術的。」

再從姊，妳很吵。

「……我都可以，不過——」

蟲人僧侶刻意把嘴巴敲得喀嚓喀嚓響，吐出一口氣。

「要前進，還是要回頭，快點決定吧。」

不知不覺間，你們抵達通往墓室的厚重大門前。

是這裡嗎？你伸手指向門扉，詢問女主教，她輕輕點頭，握住天秤劍。

「是的。地下二樓好像不會出現哥布林……我行的。」

你重新環視兩側，以及待在後方的同伴，檢查他們的裝備。沒問題。

「欸，可以讓我來踢嗎？」

不，這個任務可不能讓給別人。

你斬釘截鐵地回答女戰士，使勁踹開門。

——！

你們一口氣衝進門後，等待你們的——是腐爛的人形怪物！

「殭屍！」

有人馬上看穿怪物的真面目，大聲吆喝。

不曉得是冒險者變成的，還是從冥府喚來的，腐爛的屍體站起來，蜂擁而上。

腐肉及內臟散發出迷宮裡聞不到的強烈「死」味。

那股味道和瘴氣混在一起，刺進你們的鼻子，導致胃部一陣抽搐。

「嗚嗯……」

女戰士忍不住皺眉，旁邊的蟲人僧侶立刻衝向前。

「亡者理應抵擋不了『解咒』！『我等繞行世界的風之神』！」

「我配合您！『執劍之君啊，請用您手中的劍——』」

蟲人僧侶骨節分明的手指，在女主教祈禱的同時結起一個個複雜的法印。

「『——請將他們的魂魄送還故鄉』！」

「『——斬斷束縛他們的詛咒』！」

隨著祝禱的詠唱伸向前方的手掌，為墓室帶來一陣充滿神聖氣息的清風。

腐肉被風拂過的瞬間，便從接觸到風的部位緩緩崩解。

——然而，僅此而已。

有幾隻殭屍無法維持形體，化為灰塊碎裂，也有並未崩解的個體。

亡者們慢慢逼近，菌絲跟病灶一樣，從腐朽的肉體上伸出來。

這異樣的動作不像人類，反而像孩童操縱的人偶。

四肢隨意擺動，倒在地上，從「站著走路」這個概念下得到解放的駭人生物。

女主教發出如同悲鳴的聲音，或許是被強烈的「死」味震懾住了。

「這……！看來不是一般的不死者哩！」

「無妨，反正只要將身體破壞掉，就會失去行動能力……！」

真乾脆。你為蟲人僧侶這句話露出淺笑，拔出愛刀。

往旁邊一看，女戰士也已經微笑著將槍尖指向敵人。

後衛沒問題嗎？你沒有將目光從敵人身上移開，開口詢問。回答你的是半森人斥候響亮的聲音。

「老大，這邊交給我們！」

「戰況危急的話我會用法術，到時……！」

堂姊接著說，你默默點頭。到時代表現在還不是時候前往地下三樓，應該要撤退。

「他們可能會突然衝過來。小心別被咬到喔？」

女戰士看著逐漸逼近的怪物，開玩笑似地說。

好了——這些傢伙不曉得有沒有聰明到會思考要跟敵人保持距離。

看他們隨便踏進你們的攻擊範圍內，你對此抱持強烈的疑惑。

你由下而上揮舞彎刀，砍斷他的右臂。

「BRAAAAAAAAINNNNN！？！？」

屍水飛濺。你轉動手腕，將刀刃翻到另一面從頭上揮下，一刀砍斷左臂。

接著趁他腳步不穩時踹在他身上，踢倒一隻。

「得手了！」

女戰士迅速上前，揮下長槍補上強力的一擊。

肉體承受不住金屬棒的重擊，發出肉、骨頭、內臟被打爛的噁心聲響。
汙水於墓室的地板上擴散開來，女戰士輕快地閃開，動作相當熟練。
到目前為止，她不知道殺了多少隻黏菌……
「BRAINNNNN!BRAAAAAAAIN!!」
竟然還有心思想這種無謂的事，是否跟你擔心的一樣，鬆懈下來了？
一隻屍人從旁抓住你，咬向你的手臂。
不會痛。你嘖了一聲，甩動手臂將他砸在迷宮的牆上。
下一刻，令人作嘔的聲音響起，腦漿在墓室的牆上開出一朵花。
「頭目!?」
女主教的聲音從身後傳來。你揮手表示並無大礙。
重點是眼前的無頭屍體。他癱倒在地，但那也只是一瞬間的事。
即使沒有頭，他仍然以詭異的動作抽搐著站起來！
屍水從斷面噴出，不僅如此，還有形似奇怪菌絲的物體在蠕動。
「別把那東西當成生物！他們已經只是無生命的物體（Thing）!!」
蟲人僧侶邊吼邊用く字型彎刀砍斷其他屍體的腳。
——原來如此。
你修正觀念，將刀鋒翻過來，用力敲在無頭殭屍身上。

腰骨和脊椎的碎裂聲響起，這次那具屍骸確確實實倒了下來。

為求保險起見，你又敲了幾下，確認他化為塵埃。這樣就兩隻。

——挺花時間的。

你甩掉沾到刀上的內臟，調整呼吸，衝向下一隻敵人。

「都沒帶武器。不曉得算不算幸運。」

背後傳來斥候的聲音。沒帶武器處理起來較簡單，卻賺不了錢。你笑著附和。

但你不會再放鬆戒心。

你俐落地拉近與敵人之間的距離，用刀背朝下一隻殭屍的肩膀砍了兩刀。

鎖骨「啪嚓」一聲碎裂，你在殭屍垂下雙手的同時轉身。

「嘿！」

接在你後面上前的女戰士甩動長槍，打在殭屍身上。

論打擊力，她的長槍在這個團隊（Party）中應該是最優秀的。

提到長槍這種武器，許多人只會想到突刺，不過施加重量敲擊的威力也相當大。

「BBBBBRAAIN……!?」

肉與骨被女戰士敲爛的殭屍化為塵土，第三隻消滅。

她接著將長槍轉了圈，用石突賞了腳邊的屍體一擊。

「呼。討厭，好喘喔……」

女戰士撥開因汗水而黏在臉上的頭髮，抱怨道。你為敵人都交給她收拾一事向她道歉。

因為用刀背打效率實在不好。

只要以物理手段讓殭屍失去行動能力即可，不過若要給予致命一擊，實在只能直接打爛。

既然如此，重責大任自然會落到女戰士頭上……

「由我和頭目（Leader）花時間一隻一隻敲也行。」

蟲人僧侶提著彎刀說。

他將倒下的殭屍釘在地上，女戰士煩惱地嘆氣。

「是啊。」

她用鐵靴踩爛殭屍的頭部，面帶微笑。

「那剩下兩隻可以麻煩你們嗎？」

「這下有趣了。」

你瞪向蟲人僧侶。他說了句莫名其妙的話。

你嘆氣，重新面向蠕動著逼近的殭屍們。

不曉得是不在乎同伴的下場，還是只對活人有興趣。

那些傢伙似乎沒打算撤退，真麻煩。

「看這情況，除了『解咒』，應該不會用到法術或神蹟了。」

「對呀。雖然沒工作做有點可惜……」

你聽著女主教和堂姊的對話，朝腐爛的屍體腰部橫砍。

真是，雖說可以省下法術的使用次數，你們的體力可是有極限的啊。

這座迷宮不知道持續到地下幾層。

抵達最深處前，不知道得踩過幾具屍體。

你深深體會到，迷宮之主（Dungeon Master）的性格真的很扭曲……

等你開始喘氣的時候，由殭屍變成的灰燼，已經在墓室堆起一座高山。

§

「沒事吧？」

汗水的氣味竄入鼻尖，坐在你旁邊的女戰士看著你的臉問。

你回答「沒事」，繼續用備用小刀挖出陷進手甲的牙齒。

確認墓室沒有危險後，你們決定在前往地下三樓前稍事休息。

只要用經過淨化的水畫法陣，就能在短時間內確保安全。

女主教跪在堆滿殭屍灰燼的角落，祈禱他們能夠安息。

蟲人僧侶則在陪半森人斥候查看寶箱，看來信奉不同的神明，作風也會不同。

坐在地上的你和女戰士對面，是正在搜行囊的堂姊。

——算了，只要**再從姊**別自作主張，放她自由行動即可。

「我問的不是你，是手甲。」

女戰士把手撐在大腿上托著腮，笑著歪過頭。

你補上一句「手甲也沒事」，成功挖出最後一顆牙齒。

三、四顆牙齒發出聲響掉在地上。每顆都泛黃了，非常噁心。

你無奈地嘆氣，將牙齒掃到旁邊，慰勞女戰士的辛勞。

「真的很累耶。可不可以不要把事情都丟給我做？」

所以黏菌不是由我們應付了嗎？

「討厭。」

聽見你這麼說，她像在鬧脾氣般噘起嘴巴，用手肘輕頂你的側腹。

那裡是胸甲沒有覆蓋住的地方，這一擊令你瞬間喘不過氣。

「嘿，不准欺負女生。」

被欺負的人是我。你反駁氣呼呼的**再從姊**。

你轉頭確認她在做什麼，她兩手捧著硬邦邦的烤餅乾。

跟出發前準備的糧食不同，推測是……

「等等就要去地下三樓了嘛！在那之前得填飽肚子！」

嘖，可惡的**再從姊**。

你板起臉接過她遞給你的兩片餅乾，將其中一片扔給女戰士。

「呵呵，謝謝。」

她笑咪咪地吃著烤餅乾，大聲讚嘆：「好吃！」

你看了點點頭，放心地咬下去。

為了增加保存期限，餅乾烤得硬邦邦的，所以很有嚼勁，發出喀哩喀哩的聲音。

基於同樣的目的，還用了大量的砂糖，嘴巴裡充滿甜味。

雖然有點奢侈，分配給成員的零用錢，要怎麼使用是個人的自由。

你沒打算對此說三道四，而且抱怨這個未免太不知足。

因此你默默嚼著餅乾，**再從姊**得意地挺起豐滿的胸部。

「老大，你怎麼可以讓人家試毒……」

將寶箱裡的戰利品收進袋子裡的半森人斥候，苦笑著湊過來拿走一片餅乾。

堂姊聽了橫眉豎目地瞪著你，哎，這也不是一天兩天的事了。

畢竟這個堂姊粗心大意，經常失敗，你非常擔心她未來嫁不嫁得出去。

「哎呀，沒禮貌！姊姊做菜沒那麼常失敗好嗎!?」
竟然說「沒那麼常」嗎？這個**再從姊**。
「這餅乾很好吃，所以我是不介意啦，但妳弟弟真過分。對不對？」
女戰士笑出聲，徵詢女主教的意見，女主教苦笑著說：
「人家特地為我們做的，最好懷著感恩的心收下。」
難得沒睡過頭、為大家烤了餅乾、因為烤餅乾的關係而遲到。
再加上餅乾很好吃……唔唔唔。加了不少分數嘛。
「哪片沒加薄荷和生薑？我都可以……」
「應該是這片！」
竟然說「應該」嗎。這個**再從姊**。
蟲人僧侶毫不在意地把餅乾扔進嘴巴，你也沒有繼續追究。
重點是等會兒的行程。看你開啟話題，女戰士加深笑意。
你用視線問她在笑什麼，她像隻貓似地瞇起眼睛，回答：「沒有呀？」
你沒有多加理會，著手跟擔任製圖人的女主教確認地圖。
「啊，好的。那個……」
她窸窸窣窣攤開羊皮紙，用指尖撫摸墨水的痕跡，靜靜點頭。
「……樓梯就在前面，通往地下三樓的移動手段沒有問題。」

「開始畫地下三樓的時候，記得注意樓梯……繩梯的位置。」

蟲人僧侶加入對話，一面咬碎餅乾，碎屑從嘴巴的縫隙間紛紛落下。

堂姊無奈地幫他拿走掉在法袍邊緣的餅乾屑。

他的複眼及觸角朝向堂姊，然後若無其事地接著說：

「因為下一層樓未必會在上一層樓的正下方。」

萬一他們拿到「轉移」的卷軸，或者中了「轉移」的陷阱，座標錯誤足以致命。

如果只是被傳送至不明場所，搞不清楚位置，倒還算好的。

從他剛才所說的案例來看，最好不要期待碰巧被傳到走道上。

「終於要到三樓了嗎……」半森人斥候雙臂環胸，神情嚴肅地沉吟著。

「怎麼啦？」

女戰士微微歪頭，他咕噥道：

「沒有啦。地上幾乎沒有陷阱那類的，但下一層樓可不一定。」

「噢……」

女主教點頭贊同。在地圖上標記陷阱的位置，也是她的任務。

上一層樓也有陷阱──那塊暗黑領域也可以算進去吧。

致命的陷阱卻不多，你們並未因此亂了手腳。

不過，不該無憑無據抱持「下一層樓也會是如此」的先入之見。

「或許是想讓攻略前面樓層的人大意，取其性命。」

蟲人僧侶任憑堂姊幫他清理餅乾屑，故作正經地說。

半森人斥候疑惑了一下他在說什麼，最後配合他營造出緊張感。

「這個迷宮之主性格真的很扭曲。」

女戰士不知為何往你這邊看過來，忍笑忍得肩膀都在抖。你哼了一聲。

女主教在她旁邊豎起食指抵著嘴唇，看起來有點無精打采。

「如果能把地圖給其他冒險者看就好了……」

「不不不，這怎麼行。」

半森人斥候聳肩搖頭。

「那可是拚命收集而來的情報，吃飯的工具。就算對方願意給錢，也不能隨便讓出去。」

你也贊同這個意見。

先不說你們幾個，你們跟其他團隊同為冒險者，卻絕非夥伴或友人。

那位貧窮貴族家的三男或許稱得上——但連這都是你自以為是的想法。

你也不想無償交出跟同伴一起探路，再由女主教用心繪製的地圖。

「……說得也是。」

看見女主教低著頭，彷彿有話想說，你搔搔臉頰，補上一句。

——若有得到大家的同意，自然另當別論。

「……！是！」

女主教立刻抬起臉，高興地不停點頭，金髮隨之晃動。

你鬆了口氣。

其他人不知為何笑得更開心了，你無視他們，屈伸剛才被咬到的手臂。

你自己也覺得這個動作很故意，但檢查身體狀態是很重要的。

牙齒被手甲擋住，所以沒受傷、沒麻痺。手甲也沒受損。

「話說回來，你運氣真差。」

女戰士看見你的動作，卻輕輕伸出雪白的手指。

「明明你之前都沒中過那麼強力的攻擊。」

她指的應該是手甲上明顯的齒痕。

她的手指滑過手甲，彷彿在用指甲抓撓，於你的耳邊送上一句呢喃。

「我可不想因為你運氣差的關係，害大家在地下三樓全滅。」

大概是因為她緊貼在你身上的關係，體溫及沒穿戴防具的四肢的柔軟觸感傳達過來。

你認為，她帶刺的話語會不會是某種玩笑話、撒嬌的表現？

藉由開玩笑來緩解緊張，讓人反駁……

「……嗯？」

——就算是這樣，身為遭到調侃的那一方，你可受不了。

你對直盯著你，彷彿看穿了你的想法的她聳聳肩，重新綁緊鎧甲的繩子。

準備出發了。必須催促其他人檢查武器及裝備。

「是是，我會認真工作的。」

女戰士以優雅如貓的動作離開，迅速開始檢查鎧甲。

女主教又看了一遍地圖才將它折好，半森人斥候也活動起手指。

只有蟲人僧侶仍然坐在地上，不動如山。

「呼，清乾淨了！」

再從姊在他旁邊擦掉額頭的汗水，露出清爽無比的笑容站起來。

看到她手上的餅乾屑堆成一座小山，有人笑了出來，另一個人也跟著笑了。

女主教一頭霧水，左顧右盼，女戰士附在她耳邊竊竊私語。

連女主教都「哎呀」了一聲，用手掩住嘴角，面露笑容，蟲人僧侶沉默不語。

「…………」

他緩緩起身，嘴巴敲得喀嚓作響，默默檢查裝備。

為了捍衛他的尊嚴，你忍住不要讓嘴角抽搐，宣布出發。

——地下三樓近在眼前。

§

你發出嘹亮的吶喊聲，朝撲面而來的野獸揮下彎刀。

白色毛皮的小動物慘叫出聲，像掉在地上的球一樣，在迷宮的地上彈起來。

同時又像球一樣蹬地一跳，躍向空中。

「RAAAAAAAABBIT!!」

「好危險……嘿咻！」

在你把刀收回身前時，女戰士俐落地跳上前，長槍咆哮著命中目標。

遭到槍柄重擊的野獸，發出內臟爛掉的聲音在地上彈了幾下，一動也不動。

你簡單向她道謝（「不客氣！」）走向那隻從未見過的奇怪野獸的屍體。

——真是，竟然用這麼有趣的東西在地下三樓迎接。

「看起來……像兔子。」

堂姊小步走到你旁邊，仔細觀察屍體，喃喃說道。

——是嗎？

你面露疑惑。這不是鬼天竺鼠（Capybara）之類的生物嗎？

「鬼天竺鼠？」

陌生的詞彙令女主教愣在那邊，女戰士呵呵輕笑。

唔。你咕噥道。然後清了下喉嚨說：「原來如此，或許是這樣沒錯。」

雖然髒掉了，毛皮是純白色，還有一對長耳，再加上發達的後腳，儼然是兔子。

從嘴巴露出的門牙卻異常銳利，足以致命。

兔子是會破壞田地的狡猾害獸，但不至於這麼具攻擊性。

這種生物看起來是肉食**野獸**，恐怕還會吃人。

「很久以前，有位國王率領騎士出外探索，在途中襲擊他們的怪物似乎也長得像兔子。」

蟲人僧侶敲著嘴巴，像在自言自語似地說。

「聽說那種怪物非得用神聖的法具才殺得了，一不小心就會被吃掉。」

「可是，咱不覺得這東西有那麼厲害。」

你接在半森人斥候後面點頭附和。

雖說遭到了突襲，你們依然在爬下繩梯後的遭遇戰中勉強取得勝利。

敵我的力量差距推測並不大……

「那、那個，我也可以說句話嗎……？」

在你確認殘留於手心的手感時，女主教突然拉扯你的袖子。

你納悶地問她有什麼事，她回答：

「我明白法術很珍貴，但我想確認位置，可以使用『座標（Point）』嗎……？」

噢，你點頭表示理解。是剛才蟲人僧侶在樓上拿來嚇你們的那件事吧。

考慮到今後的探索，的確，先把現在位置確認清楚有益無害。

關於這方面，不曉得製圖人的師父有何高見？

「我都可以。」他開口說道。「讓她照自己的意思做就行。」

傷腦筋。你抬頭望天，皺眉看著毫無變化的黑色天花板及白線。

猶豫過後，你選擇呼喚堂姊。

「好好好，姊姊來囉。怎麼了嗎？」

堂姊雀躍地走過來，你向團隊法術資源（Party Resource）的管理者徵詢意見。

在這邊用掉一次法術沒問題嗎？

「我想想看……」堂姊嚴肅地豎起食指抵著嘴脣，說：「可以吧。」

你說她決定得真乾脆，堂姊在豐滿的胸部前雙手合十。

「因為，這次是測試嘛。都來到地下三樓了，剩下就只想著回去吧？」

好嗎？她從下方徵求你的同意，宛如在安慰弟弟的姊姊，你低下頭。

她以前好像比你還要高——算了，這不重要。

聽完堂姊的意見，你沉思片刻，呼喚半森人斥候，向他確認戰利品。

「啥？這個嘛……換成錢的話，嗯，不差啦。」

寶箱只會出現在有怪物駐守的墓室。你們一直避免進入墓室，居然還有賺到錢。

「因為從死在路上的人身上，也能搜到一些錢。當作幫忙埋識別牌的跑腿費囉。」

他將腰間的皮袋晃得哐啷作響，咧嘴一笑。

毫無悔意的行為令堂姊微微皺眉，你卻只有點頭回了句「是嗎」。

死人不會用武器，也不會用錢。身上的東西被人扒光，也沒有嘴巴抱怨。

再加上——自己送命時有人幫忙埋葬，是該心存感激了。

你如此心想，忽然想到初次見面時，女戰士拖著屍袋。

現在回想起來，那肯定是非常**溫柔**的舉動。

「……怎麼了？」

不，沒事。你笑著打發掉女戰士銳利的視線，得出結論。

就用吧。反正這次你只打算去一間三樓的墓室就撤退，不勉強前進。

在這邊用一次法術打穩基礎，會在下次來的時候派上用場。

你這麼告訴女主教，她興奮地展露笑容。

「謝謝。很快就好了。『艾歌（己）……凱爾塔（確立）……札因（存在）』。」

擁有真實力量的話語自她口中傳出，響徹世界。

——據說，語言是由風之神創造，再由智慧之神將其化為文字。

語言是聲音也是風。你感覺到女主教的話語充滿墓室。

身為一個懂法術的劍士，你自然需要理解那個流程的能力。

現在女主教腦中的世界，大概切割成了格子狀。

藉此掌握自身位置的這個法術，是極為初階的法術之一。

「……好了。」

呼。女主教把手放在尚未隆起的胸前，煩惱地嘆了口氣。

「果然跟上一層不對稱。要是我直接照原本的位置畫地圖……」

「哦——真方便。」

半森人斥候佩服地抱著胳膊讚嘆。

身為斥候的他若想達到同樣的目的，應該會單憑自身的經驗及直覺。

他鑽研這門技術這麼久，對此一竅不通的你自然無法相比。

而法術又更勝一籌……那就是法術資質被視為才能（Talent）的原因吧。

「之後萬一迷路，就靠那個法術哩！」

「過獎了……」女主教害羞地把手放在臉上。

「……用不了太多次，沒那麼了不起。」

「意思是等妳成長到能用很多次，團隊裡就不需要斥候囉。」

女戰士帶著燦爛的笑容雙手一拍，半森人斥候「唉唷」仰天長嘆。

你為此情此景揚起嘴角，用懷紙擦拭刀刃，收刀入鞘。

「要走了嗎？」

你點頭回答蟲人僧侶。

前方是已經看膩的黑暗迷宮。

充斥瘴氣，唯有走道模糊的輪廓線浮現於黑暗中。

景色雖然沒有變化，在前方等待他們的怪物想必跟上一層不同。

因此，先試一次。

找間墓室，衝進去，經歷一場戰鬥，回去。

跟初次挑戰地下迷宮——開始跟潛伏於這座迷宮的「死」戰鬥時並無二異。

這樣的話，起頭或許不錯。你看著白色野獸的屍骸心想。

不曉得這種怪物在這層樓位於哪個等級。

八成不會是強者。儘管如此，你的劍確實能夠造成傷害。

光知道這一點，就足以帶來邁向前方的勇氣。

你重新做好覺悟，點頭，檢查武器，對同伴們說「走吧」。

你踏出第一步，腳下的地面突然消失。

§

「頭目！」

噢，是落穴(pit)！

置身於空中的你順從重力墜落，拚命揮動雙手。

伸長的手指碰到了什麼東西，你使勁渾身的力氣握住。

手掌傳來灼燒般的疼痛，手臂及肩膀像被抓起來擰似地延展開來，肌肉抽筋。

就算這樣，你依然撐得住不放手，原因很簡單，因為你不想死。

「沒、沒事吧，老大!?」

「好……重……！」

聽見半森人斥候及女戰士的聲音，你抬頭一看，終於發現自己抓住的是槍柄。

女戰士使勁站在落穴邊緣，斥候抱著她的腰支撐她，將你吊在空中。

「等等，給我。我握力比較強。」

「麻煩了……！」

蟲人僧侶從旁伸出手，抓住槍柄，女戰士鬆了口氣。

你配合他甩動身軀，踩在落穴的牆壁上。站穩，施力。

「要拉了。一步步爬上來。要是你手滑就完了。」

拜託了。你回答，抓住槍柄踩著牆壁，試圖爬出落穴。

額頭冒出汗水，呼吸急促。你咬緊牙關，腹部施力，踩穩腳步。

一步，兩步，三步，四步。仔細一算，你墜落的距離並不長。

也就是說，萬一夥伴們的援手慢了一步，就搆不到了。

你在千鈞一髮之際撿回一命，喘著氣爬上三樓。

「真是，你這樣不行啦，要好好看路……！」

堂姊臉色大變地朝你衝過來。

雖然這不是好好看路就躲得掉的陷阱，你確實不夠謹慎。

總之，你先為自己得救了、被救了一事向同伴道謝，拿起腰間的水袋喝水。

「討厭，手好痛……」

女戰士擦著額頭的汗水，噘著嘴跟你抱怨。

你向她道歉，同時也感謝她的當機立斷。

要是沒有她伸出長槍，你八成會掉下去。女戰士低聲說道「沒什麼啦？」別過頭。

你又喝了一口水，迅速檢查裝備。

希望沒東西掉進洞裡……

「下面很恐怖喔。老大，掉下去會死得很慘。」

半森人斥候將火把扔進洞底，看著裡面說。

準備得真齊全──迷宮裡不需要火把。你調整好呼吸，跟著望向洞底。

落穴底部長著好幾根銳利的尖刺，貫穿可憐的犧牲者暴露在外的骨頭。

要是沒有同伴相助，你肯定會落得同樣的下場。

就算運氣好免於被刺穿，也會摔碎腰骨失去行動能力，只能等著餓死吧。

你為自己的失誤深深感到羞愧，再次向同伴道謝。

如果這種失誤再犯個十次，你只能選擇自我了斷，以捍衛名譽。

另一方面，你也慶幸中陷阱的人是自己。

女戰士、蟲人僧侶、半森人斥候暫且不提，若是堂姊或女主教就危險了。

「……這一層樓果然有陷阱。」

女主教神情緊繃，迅速在地圖上標記這個陷阱的位置。

這段期間，落穴也蓋了起來，恢復成原本的地面。

以你的眼力，實在看不穿這邊有一扇機關門。

「意思是，以後走路得多加留意……」

你點頭附和蟲人僧侶，徵詢半森人斥候這個專家的意見。

「比起這個，最好趕快移動喔，老大。」

他的回答直截了當。

「被陷阱嚇到，不小心停下來，搞不好會再中一次陷阱。」

原來如此。那怎麼行。

你又跟同伴道了一次歉，叫斥候走在前方帶路。

蟲人僧侶就退到後面吧。

「這樣好嗎？」

他敲著嘴巴問，你回答現在要優先處理陷阱。

「呵呵，請多指教。」

「請、請多指教……」

堂姊笑著仰望站在旁邊的蟲人僧侶，女主教低頭鞠躬。

他還滿會照顧人的，堂姊也喜歡照顧人，應該會合作得不錯。

「好，那老大，趕快走唄！」

嗯。你點頭回應半森人斥候，快步上前。

扛著長槍的女戰士「啊啊——」嚷嚷著，刻意搓著手走到你旁邊。

「你今天運氣真的很差耶？」

起頭照理說還算不錯。你如此回答，望向地下三樓深處。

──真是，地下三樓還挺愉快、痛快的嘛。

「……地下三樓是不是也有史萊姆……」

她突然不安地嘀咕道，你忍不住苦笑。

你無法確定她是真的很頭痛，抑或只是單純的玩笑話。

你說「總比落穴好吧」，她微微揚起嘴角回答「說得也是」。

你一面和她閒聊，一面告訴自己你現在很冷靜。

或許是因為第一次踏進地下三樓，導致你處於緊張狀態。

你調整呼吸，放鬆肩膀，重新環顧四周──枯燥乏味的黑與白的迷宮。

半森人斥候在前方以銳利的視線左右張望，踩在地上。

你問他是不是有什麼訣竅，他雙臂環胸，皺起眉頭。

「這個嘛，比較各個地方，覺得有那麼一點怪怪的就多注意些。」

是這樣嗎？

「就是這樣。」

剩下就看熟練度、經驗跟直覺。原來如此，直覺確實重要。

你對這個答案心服口服，將偵察工作交給他，接著望向後方。

你的團隊(Party)共同行動的時間並不短。

不過這還是第一次變更隊列。希望一切順利……

「哎呀，這麼難嗎？」

「是啊，比解讀法典更難。」

蟲人僧侶嚴肅地對八成在眼帶底下睜大雙眼的女主教點頭。

「魔球（Wizball）的情勢就是這麼難預測。以為穩操勝券，一不留神就輸了。」

「希望那孩子不要說什麼這是為了訓練直覺，跑去賭博……」

再從姊，講這話很失禮喔。

你說，她把手放在臉上笑道：

「哎呀，你聽見了？好好好，不用擔心姊姊這邊。後方交給我們，請你注意前面的情況。」

嘖，可惡的**再從姊**。

你簡短罵了句，連後方的女主教都在忍笑，纖細的雙肩不停顫抖。

真是的。你望向蟲人僧侶求救，他將觸角歪向一旁，開口說道：

「我都可以。」

——什麼。

你無奈地搔頭，重新面向前方。

你們雖然在談天說笑，每個人都有做好自己的工作。

不能放鬆戒心，卻也沒必要太過緊張。

沒問題，應該有做到才對。你告訴自己，慎重地繼續前行。

「老大。」

不久後，半森人斥候銳利的聲音傳來。

「——是墓室。」

厚重的門扉聳立於眼前。

你翹首以待的戰鬥之時到來了。

§

你用力踹開門，出乎意料的是，門後似乎是一條長廊。

不是墓室，沒有怪物在等待你們。

你們在放心的同時又有種掃興的感覺，鬆開拿著武器的手。

「呼……真是，白緊張一場。」

「對呀。要緊張的話得留到開寶箱的時候再緊張。」

「沒錯沒錯！」

鬆了口氣的半森人斥候和女戰士，在你旁邊開玩笑。

這段對話聽起來缺乏緊張感，但放鬆精神也很重要。你不會責備他們。

「前進？還是回去找其他路？」

我都可以。蟲人僧侶問，你點頭表示當然要繼續前進。

因為樓梯還沒有離得太遠——用不著擔心歸途。

你跟同伴一起一步步邁向迷宮深處。

「……進入從未涉足的地方，果然會緊張呢。」

女主教用尖筆在羊皮紙上做記錄，小聲地說。

對話一中斷，剩下的聲音就只有她的寫字聲，以及你們的腳步聲。

你們在邊走邊東張西望的斥候帶領下，於黑暗中前進。

過沒多久，你在牆上發現一扇門，舉起一隻手叫其他人止步。

這條長廊還有路可走，但門後說不定是墓室。

「要調查看看嗎？我們還什麼都沒發現……」

你點頭同意堂姊的提議，輕輕撫摸門的表面。

仍舊是扇平凡無奇的鐵門。冰涼的觸感隔著手甲傳來。

然而一想到在門後等待你們的存在，你不得不繃緊神經。

你檢查鎧甲，拔出彎刀，查看刀柄上的釘子和刀刃有無異狀，準備迎戰。

同時催促夥伴檢查武器，再親眼確認。

「嗯，謝謝。」

女戰士熟練地撩起頭髮，讓你看背部及腋下的鎧甲扣具。

雖然應該有一半是想逗你，裝備沒扣緊可是會小命不保，因此她的態度十分認真。

你點頭表示沒問題，接著拍拍半森人斥候的肩膀。

他嚇得身體一顫，立刻故作平靜，點了好幾下頭。

「喔、喔。沒事……什麼事都沒有，老大。」

你笑了。儘管你要他以前衛的身分戰鬥，不必那麼緊張。

有你和她負責發動攻擊，他只要專心輔助即可。

事實上，你對蟲人僧侶也抱持這樣的期待，所以什麼都沒有改變。

「咱知道啦……老大，你今天不是不太走運嗎？小心點。」

起頭不錯。你如此回應他的調侃，望向後方。

堂姊和女主教轉著圈，互相幫對方檢查裝備。

旁邊的蟲人僧侶拔出彎刀查看，對你點頭。

既然他說沒問題，那就行了吧。準備就緒。

好。

你點頭，鼓足幹勁，按照慣例抬起一隻腳踹向門。

——痛！

迷宮內響起沉悶的聲響，在迷宮中初次感覺到的痛處，令你忍不住抓著腳尖蹲在地上。

「哎呀，好痛的樣子。」

不能怪女戰士笑出來。

這扇門被你踹了一腳，依舊文風不動！

「還、還好嗎……？」

堂姊急忙觀察你的臉色，蟲人僧侶無奈地搖頭。

「用不著用神蹟，放著就會好。別在意。」

什麼叫別在意。你維持蹲在地上的姿勢，舉起一隻手向斥候下達指示。

看來最好讓專業人士調查一下。

「來囉！」

「……真、真的好痛的樣子……」

女主教苦笑著問「要幫你揉一下腳嗎？」你忍住疼痛搖頭。

跟刀傷比起來算不了什麼。照理說。

你好不容易站起來。

一定要破解迷宮駭人的陷阱，踢開這扇門。

「嗯……沒有陷阱。是一扇普通的上鎖的門。」

什麼。

「等一下。咱試試看。」

半森人斥候拿出平常用來調查寶箱的道具，插進鎖孔。

常聽人說七種道具，那只是個譬喻，就你看來，道具的數量比七種更多。

像鐵絲的道具、細長的銼刀，看起來通通用斥候的技術改造過。

「他說不是陷阱。」

女戰士在你旁邊笑得肩膀和聲音都在抖，輕聲揶揄你的失態。

唔。你噘起嘴巴回道：「前面說不定有史萊姆。」

「真討厭。」

她板起臉，像要追擊般瞇細眼睛補上一句。

「今天真的起頭不順耶？」

你悶悶不樂地抱住胳膊。事實是你們並沒有消耗體力。起頭不錯。

這段期間，只聽得見喀嚓喀嚓的金屬摩擦聲。

不只這扇門，墓室都會上鎖。

起初會乖乖逐一開鎖的冒險者，最後也開始不耐煩了。

一旦知道門上疑似沒有陷阱，不知不覺，破門而入就成了常理。

門踹不開是因為你實力不足，還是門不好開？肯定是後者。真是的。

「那個……」

女主教想趁這段等待的時間做點什麼，攤開地圖交給蟲人僧侶。

他伸出用甲殼包覆住的手指接過羊皮紙，檢查，晃動觸角說道：「沒問題。」

「頭目，你看看如何。」

你接過用指甲拎著遞過來的地圖，大略看過一遍。

考慮到停留在原地的時候也可能遭到襲擊，必須戒備周遭。

因此沒辦法看得太仔細，不過就你看來也沒問題。

「……太好了。」

聽見你們的回答，女主教將手放在尚未發育的胸部前，吁出一口氣。

她仔細折好你還給她的地圖，收起來，以天真無邪的模樣微微歪頭。

「話說回來，真不可思議……」

怎麼了？你問。她回答：

「不是什麼重要的問題就是了。為什麼門全是關著的？明明我們也開開關關了好幾次。」

「因為這座迷宮的主人個性很差勁。」

蟲人僧侶敲著嘴巴，嚴肅地點頭。

「搞不好是用法術或其他手段，設計成門一定會是鎖著的。」

「『上鎖（Lock）』的法術對吧。」

堂姊立刻從旁插嘴。

大概是將魔道視為自己的領域。她語氣充滿自信，豐滿的胸部也挺了起來。

儘管不想承認，以術師的力量來說，這個再從姊優於你和女主教。

至於為何不想承認，因為一旦承認，她八成會得意忘形……

「雖然是簡單的法術，光憑自動上鎖這一點，就能反映術師的技術。」

意思是對方是相當高階的術師嗎？

在你沉吟之時，女戰士從旁邊冒出來問堂姊：

「那反過來說，沒有開鎖的法術嗎？」

堂姊一副理所當然的態度，得意地挺胸回答：

「有呀。但這種法術也會明顯反映出術師的技術……」

「也就是說，**姊姊**變得更厲害後，就不需要斥候來開鎖了。」

女戰士笑吟吟地雙手合十，半森人斥候發出「唉唷……」的哀號聲。

你板起臉，向他保證不必擔心。

怎麼想都不可能把搜索敵人和陷阱交給**再從姊**負責。

「唔，這話什麼意思？」

字面上的意思。你裝傻敷衍過去，無視鼓起臉頰的堂姊。

在你們吵鬧的期間，鎖差不多該打開了吧——？

「……喔，開哩。」

斥候拭去額頭的汗水，深深吐出一口氣，女主教拿著水袋快步走過來。

「請喝水。」

「謝啦。」

斥候接過她遞出的水袋，喝了一、兩口。

「哎，不知道會有什麼東西跑出來，真的有夠消耗精神力。」

不管是陷阱還是怪物。你微微聳肩，環視團隊（Party）成員。

剛才白期待了一場，但這次可不一樣。

要是連續兩次都撲空，到時就把這股怒氣發洩在地下迷宮的主人身上吧。

「準備好了。」

「行，隨時可以上……！」

女戰士輕鬆地說，半森人斥候用顫抖著的手反手握住短劍。

你也會因興奮而發抖。既然他說沒問題，就是沒問題吧。

你調整呼吸，拔出彎刀單手拿著，朝門抬起一隻腳。

——好，開戰了！

你們從被踹倒的門扉的縫隙間，一舉衝進墓室。

在籠罩室內的黑暗中，有四個——不，加上後排，共六個身影在蠢蠢欲動。

「——！拿法杖的！危險，有施法者！」

堂姊吶喊道。你定睛凝視黑暗，判斷敵人的真面目。

沒錯，潛伏於深處的人確實穿著斗篷，手拿法杖。魔法師那類的嗎？

然而，令你瞪大眼睛的，反而是擔任前衛的那幾個男人。

他們穿著與黑暗融為一體的暗色服裝，通通戴著詭異的面具。

白色面具像化了妝似的，上面畫著紅色花紋及大眼。

不曉得在畫什麼東西，你毫無頭緒。

要不是因為眼睛及表情完全不會動，甚至會以為他們就是長這個樣子的怪物。

「是初次遭遇的敵人，別大意！」

蟲人僧侶在後面大吼。半森人斥候及女戰士的回應聲傳入耳中。

你沒有出聲，謹慎地兩手握刀，靜靜走在地面上，計算距離。

腳尖傳來踢到東西的聲音。地上的骨頭不知道是人類的，還是怪物的。

這座地下迷宮中，比起迷路耗盡體力而亡的，在經歷死鬥後遭到殺害的人應該更多。

走錯一步，你們也一樣會命喪於此。

迷宮裡面，掉在墓室角落的背骨連花都開不出。

「…………」

那群面具男也以流暢的動作，靜靜於墓室中散開。

推測是為了讓後排的術師方便施法。你的視線在頭盔底下迅速左右移動。

他們壓低身子，手腳並用，彷彿在地上爬行，動作卻俐落無比——又迅速。

這時，數名男子接連拔出背上的直刀，發出清脆的拔刀聲。

你嘖了一聲。看不清他們的動作。

恐怕是像要把背上的刀鞘扔出去似的，從肩上抽到身前，在腰間拔出。

——有兩把刷子。

你盯著前方的敵人，大喊著要堂姊負責安排法術的使用時機。

「是！」女主教以緊張的聲音回應。

推測是堂姊也在從隊伍的縫隙間瞄準目標，或者正在集中注意力。

與她相處多年的你，將後方交給堂姊，調整呼吸，重新面向那群面具男。

——二。

朝你逼近的面具男有兩人。女戰士和斥候各一人。

被視為威脅了嗎？你苦笑著心想。麻煩歸麻煩，這樣好多了。

代表夥伴的負擔會減輕。

汗水從額頭滑落臉頰。你已經沒有餘力關心兩側的同伴。

視野迅速變得狹隘，兩眼的焦點聚集在眼前這兩人身上，逐漸縮小。

周圍的聲音也隨之遠去，如同耳鳴，意識中只剩下你和敵人，簡單明瞭。

你將彎刀拿在身後，右腳向後退，左半身朝前。

若敵人從下方進攻，最壞的情況就是靠左半身抵禦攻擊，再由下往上砍，捨身反擊。

距離拉近，看得見敵人的武器，能判斷攻擊距離。敵人看不見你的刀。

假如他們分頭進攻，先把第一個人砍了，再對付下一個即可。但事情沒那麼簡單。

如果他們同時砍過來——要怎麼辦？

——沒怎麼辦。

第一刀先砍死一人，趁對方的刀刃命中前再緊接著解決另一人。在剎那的交鋒中搶得先機。

敵我之間的距離，那微小的差距，就是對你而言的活路。瞄準那裡。你調整呼吸。

你拖著步伐上前，引誘敵人。敢從這邊靠近就砍了你。

兩名男子用面具遮住臉，無法窺見表情，也沒有因你的挑釁而動搖。

他們僅僅是壓低身子，從動作看得出正在判讀局勢。

真是太難對付了。既然如此，乾脆再前進一步——

「——！」

這時，石板路發出有什麼東西裂開的響亮聲音，男子的身影消失了。

你反射性揮刀，刀刃卻斬裂虛空。沒砍中。

緊接著，一道黑影無聲降落於你面前，彷彿憑空出現。

他跳起來了！

發現這個事實時，畫著紅色花紋的白面具已經占滿你的視線範圍。

——原來如此，是老虎。

下一刻，一切都染成鮮豔的紅，天旋地轉。

你的脖子被砍了！

§

「————!!」

你聽見女戰士發出如同悲鳴的吶喊聲，呼喚你的名字。

看見你蹲在地上，堂姊也發出無聲的悲鳴。

你想回答，鮮血卻從口中溢出，說不出話。

你按住喉嚨，跪倒在地，力氣彷彿在隨著噴出來的血流失。

你試圖硬撐著站起來，卻只能淹沒在自己的血液中。

夥伴們的聲音、戰鬥的聲音，如今聽起來都像從遠方傳來的。

多麼嚴重的失誤！

你用神智不清的大腦思考著，睜開眼睛，想要確認戰況。

歪斜的視野中，女戰士美麗的容顏面無血色，準備往這邊跑過來。

——不行。

「前衛守好，不然敵人會跑到後面!!」

你還沒發出咕嘟咕嘟的聲音，後排就傳來蟲人僧侶銳利的叱喝聲。

「……！」

「喝、啊!!」

咬緊下脣的女戰士面前。朝癱倒在地的你逼近的致命一擊，被短劍彈開。

是半森人斥候。他一面抵禦忍者的攻勢，在千鈞一髮之際扔出短劍。

不過，他應該也分身乏術了。用反手拿著的短劍防禦就是極限。

斥候本來就不是戰鬥人員，光是能擋掉(parry)攻擊就值得讚許。

「冷靜點！老大還活著，要撐住!!」

他額頭冒汗，拚命吶喊，視線並未從自己的對手身上移開，持續防禦。

「要撤，還是要跟他們打!?」

「我都可以!!」

身體突然浮到空中，大概是從後排衝出來的蟲人僧侶把你抱了起來。

被移動到後排的你，看見在他的喝斥下回過神的堂姊握緊短杖。

「……！我來負責繼續指揮！」

她觀察你的傷勢，判斷那不是會立即死亡的致命傷。

沒時間了。不過，正因如此才有該優先處理的事情，而堂姊正在努力去理解。

所以看見她的嘴脣做出「對不起」的形狀，你輕輕點頭。

「……現在比起治療，更重要的是突破重圍！」

堂姊的判斷迅速又明確。

「我先用『舞蹈(Dance)』再用『火球(Fireball)』！妳用『沉默(Silence)』配合我！封住敵人的攻勢！」

「好、好的！」

「我怎麼做？到前面去嗎？我不介意！」

女主教認真點頭，蟲人僧侶開口要她下達指示。

他已經單手拿著彎刀，如他所說，隨時可以行動。

「麻煩了！」

「行！」

毫無遲疑的對話。蟲人僧侶拿布用力按在你脖子的傷口上，奔向前方。

你擠出力氣壓住瞬間染紅的布，試著止血，同時轉動眼珠子。

女戰士揮下長槍彈開直刀，焦躁地大喊：

「喂！要放著他不管嗎!?」

「沒時間猶豫了，戰鬥吧……！」

打斷她說話的，是女主教努力試圖維持平靜的聲音。

被比自己年輕的少女阻止，女戰士欲言又止，嘖了一聲。

「……知道了啦！」

「咱們沒有其他選擇。加油唄……！」

眾人在進行這段對話的期間，當然沒有悠閒地停下手。

戰況瞬息萬變，他們一面大聲交談，一面竭盡全力盡到自己的職責。

就你所見，決定戰鬥結果的，果然是單純的戰力差距。

「可惡……！」

不曉得是被迷宮瘴氣迷惑的人的末路，還是這類型的怪物。

無論如何，戴著老虎面具的忍者，實力相當高強。

現在你倒下了，團隊（Party）的專職前衛只剩女戰士一人。

她自在地揮舞長槍牽制敵人，體力流失，注意力也逐漸渙散。

儘管如此，女戰士依然喘著氣對付兩名敵人，頭髮貼在汗水淋漓的額頭上。

再過一陣子，只要她雙腿失去力氣，這場戰鬥就結束了。

「嗚哇，果然很恐怖……！」

「別吵，總之撐過去！」

女戰士倒下的話，半森人斥候和蟲人僧侶不可能擋得住四名敵人。

防線瓦解，後排被攻入，等待堂姊跟女主教的，想必會是悽慘的下場。

即使撐得下去，要是時間拖得太久，敵人的術師肯定會準備好施法，攻擊你們。

這樣你們哪可能有勝算……

「『沐西卡（音色）……空奇利歐（接續）……特爾普西柯拉（舞蹈）』!!」

——然而，**真正的戰鬥**此刻才開始。

堂姊高聲朗誦具有真實力量的話語，為其揭開序幕。

「……!?」

「……！？！？」

堂姊那快了僅僅一回合的法術，如字面上的意思讓忍者們跳起舞來。

他們配合如歌般的咒文的旋律，兩腿像在跳舞般顫抖著，雙手於空中擺動。

女主教看不見的雙眼，不可能放過這個破綻。

「『願緘默之光照耀汝等』……！」

她揮動天秤劍，直接向天上的眾神請求。神聖的祈禱拉下靜寂的簾幕。

崇尚秩序的至高神帶來的沉默，籠罩住在後排詠唱咒文的魔法師。

再怎麼揮動法杖，從他們口中說出來的話語都不會帶有任何力量。

女主教揚起嘴角，稚氣尚存的臉上浮現那抹略顯冷漠的微笑。

「這樣敵人的法術就……！」

「得手了！」

「……!?」

女戰士銳利的吆喝聲響起。使勁揮下的槍柄擊中忍者的腳，往旁邊一掃。

長槍描繪出一個巨大的圓弧，從上方砸向飄在空中的腹部，打爛他的肉。

忍者像顆球似地摔在墓室的地上，用力彈起來，如同一隻貓降落於地面。

「好耐打……！」

應該有造成傷害（Damage）才對。既然他有生命，照理說就殺得掉。

不過——看不見他的表情，無法判斷。

以分不清是人是獸的動作包圍女戰士的忍者，數量仍舊是二。

因此，左右戰況的，同樣是單純的戰力差距。

持續維持「舞蹈」法術的堂姊，轉動短杖指向敵陣。

敵人的攻擊被封住了，剩下只需要進攻。簡單明瞭的事實。

「『卡利奔克爾斯（火礫）』！」

鮮明的話語瞬間改寫世界法則。

熱度隨著大氣沸騰的氣味聚集到堂姊的法杖，製造出火焰。

雖說容易被人看穿法術的起點，沒有比這更適合瞄準目標的道具。

「我配合妳！——『克雷斯肯特（成長）』!!」

女主教接著舉起天秤劍。彰顯至高神威光的祭具，燃起魔導的火焰。

改變世界法則的真言（True Word），得到了掌管法律的神明的承認。

兩位少女就這樣高聲朗誦具備構築世界之力的話語。

「「『雅克塔（投射）』!!」」

「火球」伴隨三句真言，從她們揮下的武器前端射出。

它咻一聲從前衛的縫隙間穿過，在敵陣中央炸裂。

巨響，灼熱，灼燒肌膚的風吹過，你忍不住瞇起焦點模糊的雙眼。

「噢……！兩位大姊真豪邁……」

帶焦味的黑煙充斥墓室，半森人斥候往旁邊滾動，拉開距離。

「不行。必須檢查有沒有確實解決掉他們……！」

女戰士輕咳一聲，小心地用槍尖驅散煙霧。

密閉的墓室不會起風，盤踞其中的黑煙卻過沒多久就消失了。

接著刺進鼻子的，是肉與骨燒焦的異臭。

靜靜於煙霧後方出現的——是屍體。

穿著焦黑斗篷，手拿法杖的屍體。

僅此而已。

「……………這個嘛。」

蟲人僧侶開口說道，晃動觸角。半森人斥候警戒地四處張望。

女主教拿起手中的天秤劍，堂姊不停重新握緊短杖，大概是手掌出汗，拿起來會滑。

五秒過後，十秒過後——還是什麼都沒發生。

不久後，神蹟帶來的靜寂也消失了，肉被餘火燒得啪滋作響。

「……討厭!!」

女戰士將槍柄底部的石突敲在地上的聲音，在敵人逃走後留下的空白中，顯得異常響亮。

§

「他的傷勢如何……？」

女戰士小跑步跑過來，用略微顫抖的聲音呼喚你。

戰鬥一結束，夥伴們便急忙衝到氣若游絲的你身旁。

你勉強張開嘴巴，卻發不出聲音，女主教纖細的手伸向你的脖子。

她折好蟲人僧侶和你胡亂按在傷口上的布，仔細地重新蓋上去，輕輕點頭。

「血止住了。傷口雖然很深……暫時沒有生命危險。」

「是嗎？太好了……」

神情凝重的堂姊鬆了口氣，拭去額頭的汗水。

她的表情總是變化多端，但這麼慌張的模樣還真不常見。

你低聲叫她現在先以回去為優先，她笑著說道：

「我明白。回上一層樓吧。法術先留著——」

「……為什麼不幫他治療？」

女戰士帶著清爽的微笑，雙手在胸前合十。

氣氛當場僵住。堂姊嚥下一口唾液，連你都看得一清二楚。

「呃，因為……那個……」

「剛才也是。為什麼？」

或許是被女戰士的追究嚇到了，堂姊一副不知道該如何回答的模樣。

把手放在你脖子上的女主教也提心吊膽地用看不見的雙眼左右張望，不敢插話。

——所以，援手是從截然不同的方向伸來的。

「……沒辦法。因為沒人知道當時和等一下會發生什麼事。」

「哦。」聽見半森人斥候這句話，女戰士仍未收起微笑。「所以呢？」

「在剛才那場戰鬥，人數是咱們占下風。」

斥候卻不改平時吊兒郎當的態度。

他抱著胳膊，語氣嚴肅，卻連這個動作都顯得有點誇張，像在逗人發笑。

「老大受傷少一，治療少二。這樣情況會愈來愈糟哩……然後，這裡是地下三樓。」

「……」

「妳可以試試看把神蹟全用在治療老大上。再冒出什麼可怕的敵人就死定囉。」

「啊……」

你看見女戰士小巧的臉蛋瞬間失去血色。

比起後悔及恐懼，更像意識到自己激動的情緒，為此感到錯愕。

地下三樓——沒錯，這裡是地下三樓。不是熟悉的一樓，也不是已經掌握狀況的二樓。

不曉得還有多少強大駭人的怪物在徘徊。

「……嗯。說得也是……沒錯……」

女戰士像小孩一樣點點頭。堂姊看了似乎也回過神來。

她晃著頭髮搖頭，然後立刻低下頭。

「那個，對不起。如果我有先說明清楚就好了。所以……」

「沒關係，別放在心上……當時也沒那個時間……對不起喔？」

「不會，妳別道歉……」

語畢，兩人便不知所措地面面相覷，陷入沉默。

仔細一想，團隊(Party)結成後也有一段時日了，你們還是第一次遇到這種狀況。

意見分歧，產生衝突，她們想必都不習慣。

只能摸索著跟對方道歉的現狀，由敲擊嘴巴的喀嚓聲打斷。

「看要解散團隊(Party)還是道歉和好……我都可以。」

是蟲人僧侶。

他依然站在你身旁，雙臂環胸，表現出一副不耐煩的模樣搖晃觸角。

「要不要先把這個半死不活的傢伙扔進寺院治療再說？」

「說得對。」女主教笑道。「頭目也不喜歡被放置吧？」

——的確。雖然發不出聲音，你也露出笑容。

不曉得是誰跟著輕笑出聲，氣氛以此為契機放鬆下來。

你也鬆了口氣。若團隊（Party）因為你的失態而瓦解，還真是死不瞑目。

在眾人迅速準備撤離，收拾武器的期間，半森人斥候有了動作。

「等一下。」

他窸窸窣窣搜著倒在地上的魔法師焦屍，從懷裡拿出錢袋之類的東西。

「喔，他們錢挺多的嘛。金幣晃得叮叮噹噹響。賺到囉賺到囉！」

「這傷受得值得了……雖然可能會全部拿去當治療費。」

女戰士斜眼瞄向你，開了個玩笑，以緩解剛才尷尬的氣氛。

你聳聳肩膀，拿刀當成拐杖勉強站起來。其他人急忙從旁邊扶住你。

「還好嗎？會痛的話要跟姊姊說喔……？」

可惡的**再從姊**——說實話，你連回嘴的力氣都沒有。

八成是因為失血過多。比起疼痛，倦意更加強烈。沉重如鉛的睡魔壓在你背上。

「好哩，老大，振作點。咱們會盡快回樓上。希望不要遇到東西。」

「難怪探索速度會變慢……那就是這層樓的第一關的意思嗎？」

「通往地下四樓的樓梯也還沒找到的樣子。別著急，慎重前進吧！」

「回程也是。搞不好會在地下一樓又被史萊姆襲擊。」

「禁止講這種話……我真的很不擅長對付那東西。」

你聽著夥伴們交談，咕噥道總有一天要抓著迷宮之主的頭髮教訓他。

「反正那傢伙絕對是個禿頭的假髮怪。」

半森人斥候大概是聽見了那句話，碎碎念道，團隊(Party)的氣氛轉為一片和諧。

「啊，你不能動的話……我想踹踹看門！」

女戰士成了團隊(Party)中唯一的專業前衛，興奮得像小孩子一樣，轉頭望向你。

你苦笑著點頭，她「啊哈！」展露宛如一朵盛開的花的燦爛笑容。

那個舉動是有意為之，還是已經恢復平常了，你依然無法分辨。

不過——她跟堂姊之間的緊張氣氛不復存在。你偷偷在心中鬆了口氣。

女戰士似乎察覺到你的氣息，如同一隻貓瞇起眼睛，用手肘撞堂姊。

「對了，他是這個團隊(Party)第一個去寺院的人對不對？」

「啊，對耶！嗯，我早就覺得會是他。就，有種預感，對吧？」

女戰士竊笑著，**再從姊**喜孜孜地附和，可惡。

你不悅地噘起嘴巴，叫她們別再說了，快把你帶回地上。

過沒多久便像斷線的木偶般失去意識。

§

——下次睜開眼時，你看見的是廣闊無垠的夜空。

雖然有種在迷宮裡待了很久的感覺，實際上應該只過了半天左右。

迷宮中的空間會產生歪斜，連時間感似乎都會被打亂。

夜晚的冷空氣拂過臉頰，你抬起沉重的眼皮。

清爽的夜風及新鮮的空氣，喚醒你朦朧的意識。

你們已經遠離迷宮入口，正在穿過通往城鎮的大門。

話說回來，真沒想到還能活著看見這片星空。

你覺得大可感謝神明，不感謝也無妨。

「啊，你醒啦？呵呵，史萊姆不出現就沒什麼難的。」

女戰士看著你，喉間發出輕笑聲。堂姊點頭贊同。

「大家都好不容易活著回來了，嗯，是一場不錯的探索吧？」

如果這還能叫「大家都平安無事」，就算是你也可能會生氣。

不過，憑這具無力的身體，老實說連站著都很勉強。

這次你不得不對**再從姊**的發言睜一隻眼閉一隻眼。

女主教發現你的狀態，拉扯堂姊的袖子。

「快去寺院吧。頭目現在還是有危險……」

「對呀，他好像一句話都說不出來了。」

好。蟲人僧侶點頭，將用甲殼覆蓋住的身體擠進你的腋下。

「我從這邊撐住他。找個人負責另一邊。」

「來囉，交給我！」

半森人斥候靈活地鑽進來，撐起你的身體。

你在夥伴們的攙扶下被抬進城塞都市，趕往寺院。

行人的視線落在你身上，其中也有冒險者。

起初，冒險者對抬著鮮血淋漓的同伴奔跑的你們，投以憐憫的目光。

但他們很快就發現你還有呼吸，安心地眯起眼睛，為你們讓路。

這裡是城塞都市。對迷宮的挑戰者而言，經常要與「死亡」為伍。

既然如此，就算他們不是朋友，不是同伴，不是你的任何人，也跟你一樣是冒險者。

離寺院的距離絕對不短。

但在同伴的包圍下，你並不覺得痛苦到哪去，感覺相當奇妙。

夥伴支撐著瀕死的你。

他們輪流攙扶你，紛紛湊過來表示關心。

即使倒下的不是你，大家也會這麼做吧。肯定沒錯。

在意識斷斷續續的狀態下，這對你來說是無比的喜悅。

過沒多久，你聽見咚一聲，發現寺院的門被推開了。

夥伴們蜂擁而入，將你抬到祭壇，你聽見他們拜託人治療你的模糊聲音。

最後記得的，是冷冷俯視躺在地上的你的修女簡短的一句話。

「——什麼嘛，還活著呀。」

§

「嘿，你記得弓箭高手的傳說嗎？」

師父這麼問的時候，你才剛開始學劍，年紀尚輕。

記憶中的師父仍是當時的模樣，坐在草庵的你卻是現在的你。

好色的師父一天到晚都在外面找女人，不過有時也會像這樣陪你聊天。

她將手伸進道袍底下消瘦的胸前，露齒一笑。

「用不著射箭都能把鳥射下來，習得不射之射的他，最後忘記要如何射箭。」

你點頭表示記得。過去的你不知道會怎麼回答，但現在的你確實記得。

「很好。」

師父的回答聲和風吹過草庵，拂過草叢的聲音重疊在一起。

外面是夏天。藍天豔陽高照，白雲亮得刺眼。空氣中飄盪著榻榻米、香爐、藥，以及師父、你和水的氣味。

「那我問你。」

師父熱得鬆開衣襟，露出鎖骨，撥掉垂在雪白喉嚨上的頭髮，悠然盤腿而坐。

「那個高手究竟是真高手，還是單純的騙子？」

——你怎麼想？

不久後，你回答「高手吧」。

若是真正的高手，不需要弓也很合理。忘了也無妨。

聽見你的答案，師父加深笑意。是那抹一如往常，分不清是愉快還是嘲諷的笑。

「原來如此。你是這樣想的。高手、專家，已經不需要拘泥於武器。」

她邊說邊伸出手，毫不遮掩暴露在外的胸膛，拿起掛在旁邊的彎刀。

刀鍔發出清澈的聲響，白刃出鞘。

連在昏暗的草庵裡都藏不住那冷冽的寒光，應該是把好刀。

© lack

「是把無銘刀。」

大概是發現你的視線了。師父輕輕把刀扛在肩上，靦腆地說。

「但我們以武器為尊。不是嗎？不挑武器就夠強了，既然如此——」

這次，劃過空中的彎刀無聲刺到你眼前。

你和她之間明明隔著一段距離——不在攻擊範圍之內，刀刃卻像穿越空間似地指著你的喉嚨。

「——挑武器的話，會變得更強。」

她的笑容，宛如露出利牙的老虎。

師父能夠眉頭都不皺一下，就這樣把你咬死，也能一口將你吞入腹中。

過去的你如何回答，已經不得而知。

現在的你左一句「可是」，右一句「不過」。師父「嗯」了聲，催促你說下去。

不過，擁有好武器的高手及外行人相比，是高手更強。顯而易見。

也就是說，最後看的不還是本人的技術嗎？

「原來如此。」

師父聽了，把刀收進刀鞘。

下一刻，她將那把彎刀扔向你的大腿。

你急忙接住，師父一副「來吧」的態度展開雙臂，微微歪頭。

「可是勝負會被一時的運氣所左右。拿鈍刀的高手和拿名刀的外行人，就不好說囉。」

——現在你說不定殺得了我。

師父露出沒有半點日晒痕跡的雪白喉嚨及胸膛，像個天真無邪的女童般引誘你，臉上綻放笑容。

身材消瘦，骨頭隔著皮凸出來。連過去的你的力氣，或許都有辦法將她攔腰折斷。

只要砍斷那條微微透出的藍色細線，八成會濺出令人瞠目結舌的鮮血。

遠方的蟬唧唧叫著，彷彿在抵禦暑氣。

但當你感覺到額頭滲出汗水時，蟬鳴也跟著戛然而止。不曉得是耗盡力氣了，還是被鳥吃掉。

你嚥下一口唾液。喉嚨發出的聲音聽起來格外響亮。

真正與虎對峙的時候，是否就是這種感覺？

比起正在跟下一秒就能咬死自己的敵人對峙，你更關心的是說不定砍得死對方。

這種想法——忍不住這樣想的自己，使你感到難以言喻的恐懼。

過沒多久，你用被汗水濡溼的手握住彎刀，默默放在慣用手旁邊的地上。是固定的規矩。

勝負會被一時的運氣所左右。正因為無法掌握，未經思考就發動攻勢，沒道理贏得了。

「哦，來這招。」

師父發出可以解釋成失去興趣，也可以解釋成更加好奇的沉吟聲，整理好衣服。

「你剛才提到技術，還提到運氣。都與武器無關。」

——那既是答案，又不是答案。

師父邊說邊伸長裸露的腳，粗俗地用腳趾將放在草庵邊緣的盆子拉過來。

她將藥袋放在盆子上，拿起酒壺和缺了一角的碗倒滿。

「那再問你一個問題。」

師父像在接吻似的，津津有味地大口喝酒，咕嘟一聲嚥下。

她用鮮紅色的舌頭舔掉沾到嘴角的酒，恢復血色的臉上浮現笑容。

「你是個高手。」她指向你，然後指向空中。「對方也是高手。」

不過。師父又喝了一、兩口酒，用迷濛的雙眼看著你。

「對方有把好劍，你手中只有鈍刀。」

——那麼，你怎麼做？

你答不出來。

過去是，現在亦然。

即使處在那樣的狀況下，你還是會踏上戰場吧。

然而——那既是答案，又不是答案。

看你無言以對，師父愉悅地笑出聲。

「我想也是。所說的話所做的事全是正確的，沒人辦得到。」

語畢，師父嘆出一口炙熱的吐息，忽然放鬆四肢。

整個人鬆懈下來，再度敞開領口，抬著頭用手往身上搧風。

那個動作非常不雅，前一刻的氣勢蕩然無存。

儼然是隻趴在陽光下舔毛的貓。你紅著臉垂下頭。

「那把劍給你。」

師父站起來，踢倒空酒瓶，晃著身體走掉。

八成是又要出去玩。經過你旁邊的時候，她也沒有發出任何腳步聲。

「以後再跟你對答案。說不定會知道，說不定不會知道。」

門喀啦喀啦地往旁邊拉開，接著關上。

你慢慢抬頭，慢慢拔出放在旁邊的彎刀。

凜冽的寒光。但那是刀刃原本就有的光輝，不至於亮得發白。

刀刃無聲出鞘，無聲入鞘。只是把普通的彎刀。

室內只剩下潮溼的、參雜師父的藥味的些微汗水味。

你不想打散這股氣味，屏住氣息，凝視手邊的彎刀。

存活下來的蟬仍在發出尖銳的叫聲，透過貼在門上的紙傳來。

好熱。

§

「噢，你終於睜開眼睛啦。」

——不，沒那麼容易。

你對在黑暗中朝你輕聲呢喃的冰冷聲音自言自語。

開眼人的境界，離你還有段距離。

悟道——即參悟道理——的領域，你望塵莫及。

「我指的是更現實的睜開眼睛。」

你聽見她輕輕嗤之以鼻的聲音，慢慢張開眼。

比起眼前的景象，你最先意識到的，是身下的石造床鋪——不，是祭壇的冰冷觸感。

而由燭光照亮的朦朧畫面，令你倒抽一口氣。

看見身在迴盪詠唱、呢喃聲的寺廟中，一心向神祈禱的少女，有這種反應很正常。

「……怎麼了？」

更何況她那如玻璃般白皙通透的肌膚，如今一絲不掛。

你花了一瞬間才發現──是平常會在寺院見到的那名修女。

平均大小的乳房，描繪出工整如雕刻的美麗線條。

像一尊白瓷人偶的小巧臉蛋，在火光照耀下彷彿染上一層薄薄的淡粉色。

你終於移開視線，是因為注意到她輕蔑地瞇起眼睛。

「……我要收觀賞費喔。」

意思是給錢就能看嗎？你將這下流的想法趕出腦內。

你羞恥得低下頭──發現自己也是裸體──她嘀咕道：

「真是。無所謂，我沒生氣。跟其他冒險者比起來，你的反應好太多了。」

往衣物摩擦聲的來源看過去，她正在穿上修道服。

你環視四周，看見自己的衣服摺好放在旁邊，迅速穿上。

你們兩個背對背坐在祭壇，默默穿著衣服，繫緊衣帶。

「對了，虧你回得來。」

她敞開領口撩起頭髮，她的氣味隨著這個動作傳來。

大概是燒香的味道。你現在才知道「身上有股沉香味」有時可以拿來稱讚人。

「『蘇生（Resurrection）』的神蹟也不是一定成功。」

——「蘇生」。

原來如此，難怪。你察覺到自己經歷了一場什麼樣的儀式。

跟處女同床，賦予生命力，將靈魂從生死邊緣喚回，誠可謂神明引發的奇蹟。

和復活死者似是而非，不過一旦親身體驗過，還真是只能感嘆連連。

沒錯，死者不會復活。任誰都無法逃避死亡。

你重新面對這個事實，卻發現自己不怎麼害怕。

手沒有發抖。你覺得很不可思議，低頭盯著手掌。

「不只生命。我說的是靈魂。」

你抬起臉。修女水亮的眼睛位在不遠處。

她的視線筆直刺在你身上，彷彿看透了你。

不知為何，她的視線和師父重疊在一起。明明一點都不像。

「再怎麼治療身體，靈魂若沒有回歸的意思就會喪失（Lost）。」

這句話聽起來，果然像看穿了你的想法。

沒人會想經歷好幾次死亡。也有很多人不想繼續活下去。

© lack

——你又是如何？

你並不會想活下去。僅僅是不死，僅僅是活著。感覺起來像這樣。

「這座城鎮的冒險者，大多跟灰燼一樣。」

修女移開目光。不對，她別過頭，斜眼看著你。

「——看來你不同。」

是嗎？你重新自問，然後思考。

聚集在這座城鎮的冒險者，和你。同樣是冒險者，卻有所差異。

來到這裡時你覺得不一樣。現在又如何？

不是一樣嗎——到頭來，不是生就是死，不就這麼簡單嗎？

看你陷入沉思，修女無奈地笑了。

「有那個時間思考，不如做更該做的事。」

要我感謝神？修女聞言哼了聲。

「怎麼可能。收到捐款就負責陪人同床，是我的職責。神願意回應，並非神的義務。」

神明不會因得失而行動。雖然渺小的人類一看願望沒有馬上實現，就會怒罵神明。

修女走下祭壇，整理好儀容，靜靜走向門口。

「要感謝一切。」

你思考了一下，點頭，首先感謝她幫忙舉辦儀式。

修女因你的話語停下腳步，在踏出門外前回頭看了你一眼。

「很好。」她點頭，眼中帶著一絲笑意，有如雪夜隔天的朝陽。

前提是——不是你自我感覺良好。

§

——現在是，天亮前吧。

安靜得令人坐立不安的寺院，彷彿罩著一層淡紫色的煙霧。

從朝霞中透出的點點亮光，大概是排在一起的燭臺。

你下意識屏住氣息，以免打破這陣靜謐，連腳步聲都沒發出，走進禮拜堂。

你在長椅的縫隙間前進，發現到處都有人的氣息。

疑似是在那邊休息，等夥伴治療完畢的冒險者，或是為夥伴祈禱安息的人。

你在分散各處的人們對面——祭壇前，找到你要找的人。

女主教跪在地上，靜靜獻上祈禱。這名少女是你的同伴。

將這副模樣稱之為聖女，有點難為情。

想到剛才發生的事就更不用說了。何況考慮到她走到這裡，付出了多少努力……

你卻覺得，這樣稱呼被黎明曙光照亮的她才相襯。

「啊……」

前進幾步後，女主教口中冒出祈禱之外的言詞。

她伴隨衣服的摩擦聲站起來，緩緩面向你。

大概是注意到你了。她的嘴角掛著柔和的微笑。

「……太好了，你醒了。身體還好嗎……？」

她用看不見的雙眼注視你，你慢慢點頭。

蒙神賜予了神蹟，不必擔心。你甚至在為打擾她祈禱一事感到愧疚。

女主教聞言，看似鬆了口氣。

對了，她已經卸除裝備，頭髮也放下來了。

沒看到其他同伴——你當然不是在擅自期待他們不眠不休地等你。

畢竟探索完迷宮，大家都累了。八成已經回到旅館，這樣就好。

你說出自己的推測，她點頭。

「是的。我先去旅館洗了一次澡，才獨自回來。因為大家都很累……」

而且這麼多人在這邊等，也會給人家添麻煩——原來如此，你明白了。

難怪她身上隱約有股好聞的肥皂香。

「是的。你的姊姊說『總之先洗個澡，心情也會平靜下來！』。」

聽說她拖著女戰士和女主教兩人，一到旅館就這麼提議。

說是洗澡，頂多只能用水擦拭身體，不可能去泡澡。

很符合堂姊的作風。對你而言，她跟平常一樣反而讓你覺得輕鬆自在。

「真的是一團亂喔？你昏倒了，大家手忙腳亂……」

呵呵。女主教笑出聲。

抵達寺院時，女戰士整個人慌了，斥候急忙安撫她，捐款則由蟲人僧侶負責。

她驚慌失措的模樣，實在很難想像。

「的確……姊姊看起來倒是不慌不亂。」

我還以為她們的反應肯定會反過來。

女主教這麼說，但在你心中，堂姊在這方面還滿冷靜的。

親眼看到那一幕的那位修女，想必很驚訝吧。你也笑了出來。

仔細一想，能在地下迷宮裡面的那場戰鬥中存活下來，實屬幸運。

——尤其是你倒下之後，其他人散發一觸即發的氣氛，說實話你甚至感到意外。

如今那樣的氣氛已不復存在，沒有比這更令人高興的事。

你將這個想法藏在心中，告訴女主教她其實也可以回去休息。

「啊，是的，呃，他跟我說『妳要怎麼做都可以』，我就，那個……」

聽見你說的話，她害羞地低下頭，默默垂下視線。

經過片刻的沉默。她低聲拋出一句話，彷彿在傾吐湧上喉嚨的苦水。

「……因為，我幫不上忙。」

你什麼話都沒說。該對低著頭，肩膀瑟瑟發抖的她說些什麼？

你只回了句「是嗎」，坐到長椅上。

過了一會兒，她也輕輕坐到旁邊。你假裝沒聽見細微的嗚咽聲。

「……那個，頭目。」

什麼事？你心不在焉地看著祭壇上的交易神聖印問。

「我……有派上用場嗎？」

你深深吐氣。女主教肩膀一顫。

──還以為妳在煩惱什麼，原來是這點小事。

「這、這點小事……好過分。我很介意的……」

噢，嗯。你尷尬地點頭，搔搔頭。

呃，當然，你很清楚她一直在為此感到不安。

若不證明自己派得上用場，又會被扔在酒館──不能怪她會有這種想法。

不過——事實上。

要是沒有她，每次探險都會很辛苦。尤其是上次。

正因為有位可靠的嚮導，就算你倒下，你們還是能平安歸來。

再說，你們好歹是準備挑戰地下三樓的冒險者團隊。

儘管第一戰失敗了，實力如此堅強的主教哪可能沒用。

你不厭其煩，仔細將這件事傳達給女主教。

「……是這樣嗎？」

沒錯。你點頭。要說的話，你比她更沒用。

只能上前線揮舞木棍，有餘力再用個法術。這次更是淪落至此。

你拍拍脖子，表現出失落的模樣，她激動地大喊：

「怎麼會沒用！你總是帶頭衝鋒陷陣，幫忙下決定！還幫了在酒館的我……！」

——看吧。

「……咦？」

怎麼會沒用。你哈哈大笑。怎麼會沒用。你和她都是。

「啊……」女主教發現自己被騙了，鼓起臉頰咕噥道：「討厭。」

沒錯。怎麼會沒用。純粹是她想太多。

然而——她之所以這麼沒自信，似乎有更深刻的原因。

你不認為單單被扔在酒館，被當成鑑定師，會害她變成這樣。
當然，最根本的原因應該是剿滅小鬼的那次經驗……
「……我……我是，那個……」
你正準備開口詢問，她便支支吾吾地回答。
「──我是被當成要成為英雄的人扶養的。」
雖然不是多了不起的血統──女主教苦笑著說。
她的家族，似乎繼承了遙遠往昔的白金級英雄的血脈。
雖說是分家，身為勇者的後代，自己必須成為與這個頭銜相襯的強者。
女主教只用短短一句話帶過……比起扶養，更接近調整吧。
尚未迎接正式成年的十五歲，她就已經擁有足以得到主教身分的能力。
不只是因為才能或天分。而是她被迫做出的努力有了回報。
「但我也只是魔法和神蹟兩邊都會用而已。只論神蹟的話，其他人更……」
她輕聲說出的名字，不曉得是以前的同伴，還是故鄉的友人。
因此，她下定決心成為冒險者。可是……
「可是，結果還是不行。我做事不得要領，只會礙手礙腳。」
被拯救。在同伴的照顧下踏上旅途。然後又被拋下。
「果然沒辦法那麼順利。活著比想像中還難……」

語畢，女主教露出虛幻的微笑。

她也有她的煩惱，掙扎著試圖前進，她所付出的努力不容置疑。

你別過頭，不去正視從覆蓋住她眼睛的黑布底下透出的情緒，抬頭望向禮拜堂的天花板。

不曉得是不是用聚集在寺院的冒險者的捐款蓋成的，看起來特別高，永無止境，大概是錯覺。

——不過，嗯，也不是只有壞事吧。

你慎重挑選措辭，喃喃低語。

對你而言，女主教反而有令人羨慕的部分。

「咦……？」

她茫然地發出難以置信的聲音。仔細想想看就知道了。

世上究竟有多少人，明白自己生存的意義——？

知道自己為何而生，該做些什麼——講得出這種話的人並不多。

身為一名劍士，你一直以更高的境界為目標前進。

但若有人問你那是否為生命的正確用途，你無法回答。

道路無窮無盡，持續到遙遠的彼方，搞不好沒有終點。

不過……不過，女主教有自己要走的路。

成為英雄。以英雄的身分，為世界帶來和平。

剛開始，那或許是他人賦予的使命，如今卻是憑藉自身意志決定的目標。

「啊……」

即使那條路滿布荊棘，絕不好走……

有自己的道路，令人羨慕。你這麼告訴她，閉上嘴巴。

「……我從來……沒這樣想過。」

那就練習這樣想吧。

你刻意加重語氣，以免讓這句無意間脫口而出的話蒙羞。

前方的路還很長。不夠成熟是正常的。不只是她，你也一樣。

既然如此，何必那麼介意，那麼煩惱？

只要默默前進便足矣。

那名修女說要感謝一切。一切都是命運。

無論好事還是壞事──既然都走在上面，有什麼不好？

「……路還很長。」

她輕聲呢喃，你再次點頭，附和道：「沒錯。」

地下迷宮你們也才探索到地下三樓，還有很多路要走。

正因如此，法術及神蹟都會使用的她，更是團隊(Party)的關鍵。

有她在中心，什麼樣的陣型都能組成，關鍵時刻的行動次數也會增加。

更重要的是，走路沒有製圖人，要怎麼不迷路？

你接著補充，她像在鬧脾氣般噘起嘴巴。

「嗯……頭目有點狡猾。這樣搞得我好像要人稱讚的小孩。」

你故意大笑好幾聲。

哎，怎麼說呢。不這樣講，應該很難讓她產生自信。

重點是你這次出了這麼嚴重的紕漏。你拍拍脖子。必須挽回失敗吧。

女主教聞言，像在瞪你似地看過來。

你很清楚她瞇起了眼帶底下的雙眼。

「那，呃……咳。」

不久後，她發出可愛的清嗓聲，雙膝併攏面向你。

「……我也很慶幸遇見了你和大家。」

嗯……

突如其來的率真告白，令你低聲沉吟，她將彼此之間的距離拉得更近。

「所以，雖然免不了受傷——請你不要死喔？」

否則我絕對不會原諒你。

她這樣說，你只能再咕噥一聲。

女主教笑著說「回敬你」，瀟灑地起身。

「我去告訴大家你醒了。」

聊太久可能會影響身體狀況，請好好休息……

她的語氣還稱不上輕快，聽起來卻少了一些重量。

說不定是你誤會了，不過，你衷心祈望但願如此。

「祝你有個漫長的白天，舒適的夜晚（註1）。晚安。」

也祝妳有個成倍的白天及夜晚——晚安。

§

「真是的，我還以為你死了。」

隔天，你和女主教一起加快腳步回到旅館，聽到的第一句話就是這個。

穿便服的女戰士用手撐著臉頰，故意擺出無奈的表情嘆氣。

你無法反駁，只得苦笑。

全是你的不成熟導致的結果。

註1　出自電影《The Dark Tower》裡面主角的名臺詞。

——不管怎樣，肚子餓了。

身體方面上的血氣不足。什麼都好，真想大吃一頓。

你如此提議，決定帶同伴前往「黃金騎士亭」。

幸好沒人反對，幸好你們固定坐的那張圓桌還空著。

你們跟平常一樣坐到桌前，跟平常一樣叫住兔人女侍點餐。

「哎呀，那就是所謂的勳章囉？」

敏銳的她察覺到你的狀態，晃動長耳。

你苦笑著撫摸纏在脖子上的繃帶。若有留下傷疤，是很令人驕傲沒錯。

總之，你奢侈地點了比平常多一些的量，堂姊兩手一拍。

「幸好你沒事。真的。所以……」

再從姊微笑著對女戰士宣言。

「是我賭贏了！」

「妳們拿這個來賭嗎!?」

女主教忍不住站起來。你也瞪大眼睛。正常的反應。

「對呀。昨天回旅館後，大家一起商量的。」

「……沒人**輸**的話，就賭不成了。」

蟲人僧侶語帶諷刺地說。

他在衣服底下搜來搜去，抓出數枚金幣放到桌上。
女戰士也以百無聊賴的態度，把裝金幣的袋子扔上桌。
聽見金幣的碰撞聲，斥候笑容滿面，拍了下兩人的肩膀。
「所以，今天由兩位請客哩！」
「好的——啊啊，輸錢了。」
她嘴上這麼說，語氣卻挺愉快的——是你自我感覺良好嗎？
你隱約猜到是誰提議要開賭局的，默默聳肩。
這是在趨吉避凶。就算你死了，賭贏的那一方也不可能會開心成這樣。
……不會吧。大概。
想到上次探索迷宮時發生的騷動……說不定女戰士也比想像中還擔心。
你假裝完全沒發現，叫堂姊對敗者手下留情。
「這還用說！人家總是在前線保護我們。我不會硬點一堆菜啦。」
女戰士對不知道在得意洋洋什麼的堂姊，露出泫然欲泣的苦笑。
——應該，沒事了。
人心沒那麼好猜測，原不原諒都一樣。
女戰士心中八成懷著愧疚，但你們可是要相處到死的關係。
你不會忘。夥伴們也不會忘。女戰士一定也不會忘。

好。

因此，即使會難過，比起原諒後就把那件事一筆勾銷——這樣對彼此一定比較

過沒多久，早餐送上桌，打斷你的思緒。

來得正好。

你大口吃著熱騰騰的麥粥，配葡萄酒吞下起司及肉乾。

「這樣胃會受不了。」

你用一句「囉嗦」堵住蟲人僧侶的嘴，專注在填飽肚子上。

看你餓成這樣，其他同伴紛紛苦笑，你不予理會。

包含在迷宮中的時候，你一、兩天沒吃東西了。現在連龍你都能連皮吃下。

「真是……」

你無視想幫你擦嘴巴的**再從姊**，開口說道。

——今天就休息吧。

一秒過後。雖然沒有噎到，你急忙喝了口葡萄酒。吞下去。

前提是大家同意。你慎選措辭。沒錯，前提是大家同意。

——明天或後天，我想再去挑戰那群虎面忍者。

「…………」

「…………」

夥伴們頓時停下吃飯的手，視線在圓桌上交錯。

呣。我差點送命，所以你們以為我會夾著尾巴逃走嗎？

「沒啦。」

半森人斥候笑著搖頭，回應你那調侃般的玩笑話。

「咱還以為老大會先去修行一陣子，或是調整裝備之類的。」

你笑了。嗯，你的確有打算費點工夫。不知道會不會順利就是了。

「有勝算的話，我是無所謂。」

蟲人僧侶似乎已經吃完，正在嚼水果。

他用手把柑橘推走，嘴裡咬的是蘋果。皮跟籽他好像都不介意。

「若感覺會輸，到時再回頭即可。我都可以。」

「對呀……姊姊倒是有點擔心你有沒有勉強自己。」

嗯——她豎起食指抵著嘴角，彷彿弟弟提出了惱人的意見。

過了一會兒，她把上半身靠在圓桌上，雙手交疊托著下巴，看著你。

「欸，想要姊姊教你法術嗎？」

你想了一下，搖頭。劍術不如人家就馬上逃去學法術，不是很令人不甘嗎？

所以你預計再揮著木棒挑戰一次。

如果又輸了，到時再乾脆地拜託**再從姊**教你法術吧。

「哼哼哼。那姊姊會在後面保護你，免得弟弟受傷！」

虧妳有臉講這種話。一有什麼糾紛就最先推給你的，無論何時都是**再從姊**。

你和堂姊面面相覷，就這樣笑出來。什麼問題都沒有。

透過眼帶看著你的女主教也點了下頭。

「我已經決定要與你同行。」

她的表情，彷彿成了惡作劇的共犯。

畢竟昨晚你們達成共識了。那是事實，雖然是你們兩個之間的祕密。

她要拯救世界，你要測試自己的劍技。目的不同，卻是同一條路。

「……」

因此，問題在於最後一人。

面帶難以形容、看不出情緒的表情，無聊地拿著湯匙在盤子裡舀的女戰士。

她發現你在等她回答，過沒多久應了聲「這個嘛」。

「……嗯。」

然後吞吞吐吐地點頭同意。

——就這樣？

「因為，」女戰士扯出笑容。「反對的話，我不就成了壞人嗎？」

那絕非答案，她卻沒打算說下去。

嗯。你也不想逼她回答，話題便就此告一段落。

不久後，有人在吃飯期間開了個玩笑，眾人聊得有說有笑，女戰士也加入其中。

只有女主教用那雙看不見的眼睛，緊盯著你和她……

§

你的彎刀咻一聲將風一刀兩斷，留下殘響。

藍天底下，刀刃在空中刻下一道白線——並沒有，你拚命追著它的軌道看。

想讓敵人採取同樣的行動，你也必須採取同樣的行動。

因為敵人當時的反應，恐怕是對他來說的最佳解。

因此你向前邁步，直線狂奔，橫向揮刀。

從酒館回到旅館後，你繞到後面的馬廄前。

結果，你不知道哪裡能在不影響其他人的狀況下鍛鍊。

——如果有類似訓練場的地方就好了。

不巧的是，城鎮外面只有廣闊無邊的原野，以及張開大嘴的迷宮。

在那裡鍛鍊太靠近「死」了，你並不想。

剛痊癒竟然就去鍛鍊——也有人會這麼覺得，但你反而認為正因為剛痊癒，才要去鍛鍊。

畢竟近期內，你將再度和那群忍者對峙。

躺在床上一、兩天是否會害身體變遲鈍？答案是肯定的。

肉會變僵，皮會變硬，筋會痛，骨頭會吱嘎作響。儘管只有細微的差異，確實會變遲鈍。

就算只差了一束頭髮，多了那一點差異人就會死，少了那一點差異敵人就殺不了你。

冒險者就是為了追求那一點而磨練技術、提升力量。不能容許心、技、體遲鈍半分。

然而，你也不是完全理解這個道理。

你是為了理解，才踏實地一步步走在劍之道上，所以這很正常。

其他人也在酒館暫時解散，鍛鍊或集中精神，各自做好準備。

即使是去四處閒晃，或者去賭博，只要是為了下一場戰鬥，你不會有任何意見。

——不對，如果再從姊敢偷懶，必須罵她一頓。

想到這個玩笑，你揚起嘴角，然後立刻搖頭驅逐雜念。

你和夥伴們同生共死的時間不長，倒也稱不上短。

你相信至少他們應該不會把時間浪費在無意義的地方上。

既然如此，你必須回應他們或許有對你抱持的信賴。

——好了。

於是，你再度拿起彎刀，動起腦筋。

說到砍向脖子的強力一刀，你想起前陣子交手過的那些初學者獵人。

他們的劍法無疑是剛劍，跟這次的速劍——還是拳頭？——不同，卻值得參考。

雖說是反射動作，虧你有辦法防住。

——運氣真好。

你重新深深體會到。

要是沒看見經歷過一次敗北的金剛石騎士他們，你八成也會重蹈覆轍。

沒錯，就像這次。

你下意識撫上包住喉嚨的繃帶。

上次運氣好防住了，這次運氣好，來得及用「蘇生」。你因為運氣好而免於一死。

下次也是「偶然」嗎？還是「宿命」？一切端看骰子的點數嗎？

你想了一下，判斷想這些也沒用，馬上將它拋在腦後。
有時間煩惱，不如從頭砍到尾更快。
——試了幾次，你發現一件事。
要操控身體往前砍後立刻後退，果然不實際。
常有人只是聽說奇怪的知識，就說劍只是靠蠻力砍人。
或是光靠速度及敏捷度使劍的人，遠比力氣大的人厲害，諸如此類。
怎麼可能。
你不明白四方世界全部的武術，不過力量及速度是一體的。
它們的源頭都是肌肉、骨頭、神經。
因為肉體是靠它們做為發條、槓桿、齒輪運作的機關。
常聽人說要超越極限，然而身體只能在可動範圍內做出做得出的動作。
所以——才會有劍術的理論。
既有效率，又精準，並且正確地揮刀，奪走他人性命的肉體操作法。
找出自己最適合的動作，讓身體記住這個行動模式。
然後用淺顯易懂的文字記錄下來，以傳達給任何人，或者有才能的人。
自己撰寫那種指導書，應該是兵法家、武者的道路，不過……
——辦不到。

你對照師父傳授的理論及自身的體感，下達結論。

雜技般的動作暫且不提，要你什麼都不想直接向前砍再後退，大概辦不到。

急著下結論或許是不夠成熟的證明，但沒什麼好在意的，反正又不是一天兩天的事。

現在與其發明奧義，思考能在一、兩天內做到的事更有意義。

你調整呼吸，在視線範圍內描繪出一個模糊的輪廓，想像那些忍者。

首先，在這場對決中，你擁有一個壓倒性的優勢。

也就是在迷宮裡，敵人是誰對你而言都沒有影響。

既然要踏入迷宮的墓室，就必須做好出現什麼敵人都得採取相應對策的心理準備。

那群忍者則無法判斷踏進墓室的你，是否為之前遇過的冒險者。

若你採取同樣的行動，對方必定也會下出同樣的第一步棋。

既然如此……勝機就在那裡。

你輕輕甩動左手活動筋骨，打開雙腿立於原地。

雙腿與肩同寬，身體上下搖晃，吐氣，再讓呼吸循環至全身。

這時……

「那個，頭目……！」

忽然傳來充滿活力的聲音，你將專注在鍛鍊上的精神放鬆了些。

轉頭一看，夥伴發出啪噠啪噠的腳步聲，跑到馬廄旁邊。

「我們來參觀的……！」

打擾了。女主教臉頰微微泛紅，語氣充滿使命感及幹勁。

「…………」

女戰士袖口被她緊緊抓住，無法逃跑，站在原地無所事事。

她別過頭，困擾地搔著臉頰，如同被家人拉著手，正在鬧脾氣的小孩。

你苦笑著「喀嚓」一聲將彎刀收進刀鞘。

還以為她肯定會去跟堂姊一起鑽研法術，沒想到竟然會和女戰士一起來。

「是的，我去寺院的時候碰巧遇見她，就把她帶來了！」

看見女戰士頭痛的表情，你能想像她應該真的是「被帶來的」，揚起嘴角。

——說要來參觀，其實也沒什麼好看的。

「怎麼會。」

女主教搖頭，金髮漾起波紋。

看不見的雙眼對著你，不知為何，她面帶笑容，看起來心情很好。

「說不定我也會有不得不拿起武器的時候。多學習不會有壞處！」

對不對！她徵求女戰士的意見，女戰士模稜兩可地應了聲：「對呀。」

——唔？

你望向女主教，推測她的意圖，她用力點了好幾下頭。

噢，是嗎？原來如此。她在擔心你。

你無法判斷這是堂姊的薰陶、她自己成長的證明，或者她原本就是這樣的人。

不過，既然這是人家的貼心之舉，你也不好意思糟蹋她的心意。

你想了一下，環顧馬廄周圍，心想「反正不會給其他人添麻煩」，下達結論。

——能不能陪我過一招？

「……這樣好嗎？」

面對你的邀請，女戰士這句話不知道有何用意。

她輕聲說道，撩起亮麗的黑髮，展現雪白的喉嚨。

被手臂遮住的臉露出來，帶著彷彿要露出利牙的猙獰笑容。

「我說不定會像上次一樣，不小心贏過你喔？」

嗯，你噘起嘴巴。上次是平手，不，是你贏了吧。

就算當成平手好了，對上長兵器你還能打得不分上下，可謂劍的勝利。

「哦。」

女戰士聞言，像貓一樣瞇起眼睛。

「那來試試看吧。」

她講得跟玩遊戲一樣，瞄了四周一眼。

然後抬腳踢起用來搬運馬廄裡的稻草的三齒叉，熟練地抓住。

你跟著從馬廄的空馬房裡拆下隔開馬房的長竿，拿在手中。

不過，加上小刀在內身上帶著大小三把武器，動作自然會變遲鈍。

你拿下腰間的彎刀，女主教似乎感覺到你的氣息，默默伸出雙手。

看她這麼勤快，你露出苦笑，將彎刀交給她。

剛好。裁判就交給恭敬地捧著彎刀的她擔任吧。

「我在此向至高神起誓。」

女主教將手放在平坦的胸前，說出絕對誠實的話語。

提到比賽的裁判，沒有人比至高神的神官更適任。

看你拿起長竿，女戰士嘴角勾起一抹微笑。

「輸了可別拿因為武器用不習慣當藉口喔？」

——彼此彼此。

你調整呼吸，微微張開雙腿，與肩同寬，壓低重心，用當成刀鞘的左手抓住木棒。

女戰士跟平常使槍的時候一樣，拿起三齒叉轉了圈，前端指著你。

接著，女主教以平靜又響亮的聲音宣言。

「——開始！」

搶得先機（Initiative）的是女戰士。

她以看不出穿著鐵靴的輕盈動作，蹬地飛奔而出。

腳邊的草於空中飛舞時，三齒叉的前端已經逼近眼前。

你扭動身軀，左腳向後退，跟三齒叉擦身而過，側身擋掉這一擊。

站上前的右腳穩穩踩住地面，你用緊繃的身體揮動木劍，發動奇襲。

由下往上。木棒像要站起來似的，於空中劃出一道弧線。

這時女戰士柔軟的身體已經退到後方，跟三齒叉一起脫離你的攻擊範圍。

「啊哈……！」

她發出打從心底感到愉悅的笑聲。你將木劍拿回正面，用滲出手汗的掌心重新握緊。

閃躲，揮劍。這樣太慢了。那要怎麼做？

「嘿，你在發什麼呆……！」

女戰士再度衝上前，不給你思考的時間。

你的視野、視線、兩眼的焦點彷彿遭到限制，只能直盯著三齒叉的尖端。

你反射性——或者說情急之下，拿木劍阻擋那緊逼而來的殺意。

木與金屬發出沉悶的聲響劇烈碰撞。你用左手扶著快被打飛的刀身。

三齒叉緊緊咬住木劍，你下意識繃緊身軀。

鼻尖感覺到金屬冰冷的觸感，使你的額頭不受控制地流下汗水。

就算來不及防禦，女戰士應該也會在攻擊命中的前一刻收手，她的動作卻快得令人對此產生懷疑。

三齒叉的尖端後面，是她近在咫尺的臉龐。

表情冷酷無情，目光銳利，可是——眼神流露出了一絲動搖。

「這樣你又會死掉喔？」

眨眼的下一刻——真的是下一刻！——她已經從你的視線範圍內消失。

她與你拉開距離，動作迅速得如同吻別後轉身離去的女人。

你慢慢重新拿好從三齒叉的束縛下得到解放的木劍。

你和她對峙著，感覺就像骰了兩次骰子，結果兩次都回到原點一樣。

——剛才那步是一步壞棋。

師父突然在你腦中大笑著說。

一對一暫且不提，以少對多的話，採取守勢的瞬間就註定邁向死亡。

因為若敵人在你僵直時從旁攻擊，八成就到此結束了。

前陣子跟初學者獵人進行的戰鬥，真的是運氣好。

四周的環境已經從你的視野、大腦內消失，如同抹成一片白色。

只剩下你與她，劍與槍。
女主教的存在也被你排除於意識之外，她八成正在心驚膽顫地關注戰況。
該如何跨越眼前的障礙、下一步該怎麼走。你全心全意思考著這個問題。
閃開後再進攻就太慢了。處於守勢會敗北。必須攻防合一才有勝算……
「看、招……!!」
三次，四次，五次。
女戰士邁出一大步，向前突刺，又靈活地退回原本的位置。
有如在跳一支舞，從旁看來肯定很美。
但你反而沒有去試圖掌握她的行動規律。
就算你讓眼睛習慣她的動作，採取對策，也沒有意義。
因此——當她第六次逼近時。
你反射性將想法付諸行動。
緊接著，三齒叉的前端發出敲打木頭的清脆聲響，飛向空中。
你的長竿，你的劍——指向女戰士。
對面是額頭冒汗、臉頰泛紅、瞪大眼睛的女戰士。
「到此為止……嗎？」
女主教向你們兩個確認，宣告比賽結束。

以她模糊的視力，就算確信了，也無法斷言吧。

「啊啊——你把它弄斷了。」

不乖喔。女戰士用像在揶揄頑童的語氣說道，肯定她的疑問。

你收起武器，將木棒放回馬廄，撿起被你砍飛的三齒叉。

檢查斷面。以情急之下的判斷來說，你認為還不壞。

「是頭目贏了呢。」

——不。

你搖頭。

即使是你，也不可能察覺不到她從正面，從攻擊範圍外瞄準你的喉嚨刺的意圖。

何況還重複了六遍。

之所以有辦法應對，也是拜其所賜。

你喃喃說道這是平手，再次向女戰士道謝。

「哼哼。」

她刻意發出得意的聲音，轉了圈斷掉的木棒，扛在肩上。

然後撩起黑髮，轉頭望向你，鮮紅的舌頭從嘴角伸出。

「拿長兵器卻跟劍士打成平手，是我輸了。」

抱歉囉。你默默聳肩，回應她的唇語。

因為八成得由你負責為弄斷三齒叉一事道歉及賠償。

§

「哎呀，你們和好了嗎？」

昏暗的迷宮內，**再從姊**的聲音聽起來異常明亮，消失於黑暗中。

你成功「蘇生」，放了一天假的隔天。

短短幾天不可能有什麼變化，迷宮還是維持原樣，將你們吞沒。

地下一樓如今已熟悉得跟自家後院一樣。你們繞過暗黑領域（Dark Zone），經由繩梯前往樓下。

只要不進墓室就不會發生戰鬥，地下二樓也很快就通過了，現在已經抵達地下三樓。

你沉默了一會兒，走在旁邊的女戰士依然帶著看不出情緒的微笑，一語不發。

既然如此，你也專心沿著於黑暗中延展的纖細輪廓線（Wireframe）行走。

因此，回答的聲音是從後面——堂姊旁邊傳來。

「是的，一切順利！」

同樣明亮開朗的聲音，無疑是出自女主教口中。

「我不清楚戰士的作風，不過他們用刀和槍，像這樣比試。」

衣物的摩擦聲中，參雜著天秤劍搖晃的清澈聲響。大概是她在比手畫腳。

照理說她只能看見模糊的景象，不知為何，動作卻銳利又迅速。

——不，她的武力你已經見識過一次。

看你聳了下肩膀，半森人斥候竊笑著說：

「怎麼啦老大？看你不怎麼緊張耶。」

是沒錯。

你現在所在的是地下三樓——往那間經歷慘敗的墓室前進的途中。

你記得踏進迷宮時，女性近衛騎士看見你，一副欲言又止的模樣。

八成是在想「才過沒幾天又來啦」。

——落馬時若不立刻騎回去，會變得怕馬。

你不著痕跡地壓低音量回答，以免被女主教聽見。

她很敏銳，即使是這麼小的聲音，搞不好她都聽見了。

然而，這不代表你可以故意講給她聽。

「哎，失敗也是一種經驗。」

蟲人僧侶不知道明不明白你的心情，開口說道。

「活著就還有下次。就算你死了，我們幾個剩下的人也會把事情做好。」

是贏是輸都無所謂、的意思嗎？

這樣一想就覺得挺輕鬆的。雖然你尚未達到那個境界。

你邁出變輕盈一些的步伐，於迷宮中前行。

——前幾天來的時候，果然在趕時間。

像這樣認真觀察四周，會發現地下三樓風格並不一樣。

跟其他——也只包含了前兩層樓就是——樓層比起來，這層樓截然不同。

走道不是漫無秩序地延伸，而是整齊的十字路口構成。

「這部分也看得出迷宮之主（Dungeon Master）性格有多惡劣。」

半森人斥候板起臉，不屑地咕噥道。

「一不小心就會搞不清楚自己身在何處。」

右轉，左轉，向後轉……

一個接一個的十字路口，每走一步就讓人有種頭暈目眩的感覺。

東西南北都快分不清了。

「……總覺得不太舒服。」

女戰士刻意說道，你感覺到她正在拉開領口搧風。

你無視她看著前方，聽見堂姊找東西的聲音。

「要吃糖果嗎？」

「來一顆好了。」

兩位女性吱吱喳喳地交談著。

到這個程度，反而該學習**再從姊**缺乏緊張感的部分。

你忍住笑意，放鬆肩膀，對女主教說「地圖交給妳了」。

「是！」

她的回應很有精神，下一句「應該沒問題」卻沒什麼自信。

看來最好幫「座標」留一次使用次數，以免迷路。

只要靠「座標」掌握位置，照理說就回得來——前提是沒死。

你如此心想，墓室厚重的門扉已經聳立於面前。

「話先說在前頭。」蟲人僧侶不帶感情的聲音傳來。「未必是同一群敵人。」

這還用說。你點頭。不管遇到什麼，要做的事都一樣。

「破門擄掠（Hack and Slash）對吧。」

女主教喃喃說道，你簡短回答「就是這樣」。我們的主教也學壞了呢。

「我、我才沒學壞……！」

她拚命否認，你哈哈大笑，不予理會。用不著擔心她緊張。

堂姊見狀，故意——對她來說應該是自然之舉——嘆了口氣。

「你好像學會捉弄人了，姊姊很擔心。」

沒禮貌。你不會藉由欺負關係友好的對象獲得樂趣，而且你本來就是這個個性。

你反駁道，輕輕把手放到墓室的門上。

「要我替你踢嗎？」女戰士輕聲詢問。你聳肩代替回答，深呼吸一次。

——沒錯。換她上就沒意義了。

你可是想以劍客的身分闖出名號。

既然如此，敗北了就要雪恥。

任誰都無法對敗在他人手下的劍產生自信。

——這樣哪有臉讓人評論自身的劍技。

既然如此，要做為劍客活著，以此維生，就不能逃避戰鬥。

這個循環會持續一輩子——這是師父告訴你的，古代劍豪說過的話。

你隱約明白了這個道理——的樣子。

當然，應該是錯覺。

若這點小事就能讓你悟道，世上的劍豪就不會修行了。

他們肯定是在設法重現於短短一瞬間掌握的靈感。

藉此習得的劍術，如何能讓人拿不出自信？

你深吸一口氣，將其吐出。

然後往手掌吐了口口水，弄溼彎刀的刀柄，讓手習慣鮫皮的觸感。

——剩下就看命了。

要做的只有擲出骰子。

你直直抬起腳，用力踹開擋在前方的門。

門板咚一聲倒下，你們幾個冒險者一口氣衝進墓室。

沿著空中的輪廓線看過去，深處感覺得到風的流向。

難以判斷能否以氣息稱之的那東西，於黑暗中緩慢成形。

你透過肌膚感覺到膨脹的殺氣——如果真有那種東西存在。

數量四。

你清楚看見從暗處襲來的虎眼。

不得不殺之人，確實在那間墓室內凝聚殺意。

§

「忍者……！」

你遠遠聽見分不清是悲鳴還是怒吼的聲音。應該是女戰士。

因為看見敵人時，你的身體已經跑向前方。你不會給那些虎面忍者反應的時間。

你吆喝著直線狂奔，彎刀由左往右橫砍。

刀刃劃過空氣的輕快聲音響起。沒砍中。忍者的影子用比聲音還要快的速度閃開。

視野迅速模糊。世界沉重又混濁，彷彿身在水或鉛液中。

有人在大叫，後頸的汗毛直豎。誰管它。

你將那些模稜兩可的感覺盡數拋諸腦後，任憑身體行動。

瞬間——你感覺在黑暗的迷宮中看見白光迸發。

「————！」

剎那間的防禦。

虎面透出一絲驚愕之色，是錯覺嗎？

你左手施力，露出得意的笑容。

沒錯，左手。你的左手正緊緊握著小刀。

你趁剛才單手揮下右手的彎刀時，順勢扭轉身軀，左手反手拔出小刀。

那把刀咬住了忍者的致命一擊（Critical Hit），穩穩承受攻擊。

——師父知道不曉得會怎麼說。

你感覺到額頭正在滲出汗水，懷著痛快、愉快的心情想像著。
在之前的戰鬥反射性做出的舉動，這次你刻意加入了戰術中，不過……
根據你學到的戰法，本來應該要用右手的劍防禦，左手的小刀進攻。
改成用左手的小刀防禦，右手的劍進攻——是其他流派的作風。
然而，全是為了活下去。誰管那麼多。思及此，你彷彿聽見師父的大笑聲。
光憑一隻左手你不放心，因此你迅速用右手的彎刀朝敵人的身體還擊。
或許是因為姿勢有點勉強。刀尖擦過堅硬的物體，卻砍不斷肉。
忍者咚一聲踢擊石板路，飛也似地躍向後方，胸口穿著鍊甲。
誰管那麼多。你再度喃喃自語，重新拿好雙手的刀。
——我負責兩個。
女戰士輕笑出聲，斥候裝出氣勢洶洶的態度吶喊：「喔！」
你也大吼一聲，回應同伴，直線衝向兩名忍者。
「——！」
「!!」
但敵人也並非省油的燈。看見第一擊被防住便決定後退，拉開距離，接連不斷的攻擊朝你襲來。
你的視線快速左右移動。右邊是迅如電光的飛踢，左邊是如同毒蛇的貫手。

身體比大腦更快行動。你向前倒下，用拿刀的那隻手撐住地面翻滾。頭上傳來驚人的衝擊——的感覺。等你意識到發生了什麼事，是在一切都結束之後。

你跪在地上撐起身子，轉身看過去，看見位置左右互換的忍者。手甲變形，腿甲出現裂痕。你從交錯的兩人身下鑽了過去。

——原來如此。

這一刻，你看穿了敵人的程度。

原來如此，確實厲害。想必每一擊都足以致命。不過……

——有勝算。

「!!」

忍者發出無聲的吆喝，以猛獸般的動作撲向你。

動作卻缺乏一致性。推測是想趁你對付其中一人時趁隙偷襲，而非同時進攻。

敵人宛如一隻龍，扭動身體試圖抓住你，你提著雙刀主動滑進他身前。

然後讓刀刃在掌心轉了圈，趁拉近距離時用刀背敲向對方的胸口。

「————!?」

掌心傳來令人作嘔的噁心手感，水果用力砸在岩石上的聲音於墓室內響起。

忍者從虎面的縫隙間吐出暗紅色血液，像顆球一樣撞在牆上。

身穿鍊甲，依然無法抵銷撞擊。

但你沒時間沉浸於感慨中。你朗誦著真言，集中注意力，轉過身去。

剎那間，忍者的手射出一道白光。你看都不看那裡一眼，扔出反手拿著的小刀。

金屬互擊時特有的火花於黑暗中炸開，伴隨尖銳清澈的碰撞聲。

……沙吉塔（箭）……凱爾塔（必中）……拉迪烏斯（射出）！

「——!?」

除了你以外，是否有人能理解發生了什麼事？

閃光直接掉頭，貫穿扔出它的忍者。

異常的畫面——當然是改變世界法則的「力箭」祕術導致的。

你用必中之箭，將扔出去的刀彈了回去。

虎面忍者噴著血用力後仰，卻尚未造成致命傷。

剛才你用刀背攻擊的人，也吐著血緩緩起身。

——不過，是個好機會！

「看招!!」

女戰士聽從你的指示，發出可愛的吶喊聲，用長槍的槍柄絆住敵人踢倒他。

你往旁邊瞥了下，女戰士放心地吁出一口氣，對你眨了下眼，不知道是不是你看錯。

「什麼!?」

另一方面，半森人斥候同樣毫髮無傷。雖然敵人也包含在內。

他發出「嗚哇」、「嗚咿」等驚慌失措的尖叫聲，專注在防禦（Parry）上。

勉強用短劍擋住虎面人刺出的拳與腳，將攻擊彈開。

——既然如此，焦點就在那裡！

「瞭解！三回合，請配合我！」

「好的……!!」

你才剛大叫「就是現在」，隊伍後方的兩名少女就各自舉起法杖吶喊：

「卡利奔克爾斯（火礫）！」

「克雷斯肯特（成長）！」

雅克塔（投射）——如同輪唱的旋律，伴隨魔力改寫世界法則。

熊熊燃燒的「火球」，從堂姊及女主教的法杖射出。

它在斥候向後跳的下一刻命中忍者，膨脹、炸裂。

熱風灼燒你們的肌膚，火星飛散，火焰化為一陣風掃過敵陣。

「——!?」

「!?」

被橙色火焰籠罩的忍者們，這次連聲音都沒發出，倒在地上掙扎。

儼然是人形的火把，不可能有辦法從死亡手下逃離。

過沒多久，墓室瀰漫肉與頭髮燒焦的氣味時，全都結束了。

除了你們六個，在蒸騰黑煙中行動的再無他人。

「……沒我出場的份。」

蟲人僧侶喀嚓一聲敲了下嘴巴，發出有氣無力的聲音，氣氛便瞬間放鬆下來。

——這次是不是確實解決掉他們了？

「……嗯，大概是吧？」

女戰士臉上依然殘留緊張的情緒，慎重地用槍尖刺炭化的屍體，嘀咕道。

雖然你的記憶模糊不清，她應該還記著在前幾天的戰鬥中放跑敵人的那件事。

看來她非得要把四具屍體通通刺過一遍才能確信。

你將敵人的生死交給女戰士確定，重新環視室內，以及每位夥伴。

每個人看起來都精疲力竭，滿身大汗，喘得上氣不接下氣。

堂姊、女主教，以及剛才低聲埋怨的蟲人僧侶，似乎也不例外。

明明戰鬥只發生在一瞬間，轉眼就落幕了。

你的脖子被割開的時候肯定也一樣，僅僅是轉瞬間的戰鬥。

後頸不寒而慄，你反射性抬手一摸，手指碰到黏稠的汗水。

若沒在與女戰士過招時，練習如何應對瞄準要害的攻擊，不知道你防不防得住。

你正想跟她道謝，發現喉嚨乾燥，舌頭黏在口中。

這時你才意識到自己呼吸十分急促，兩手的刀拿起來格外沉重。

事到如今才噴出的汗水，以及重重壓在肩膀上的疲憊感，使你搖了下頭。

那正是「死」的重量，即使是虛張聲勢，你也不想屈服。

因此，你低頭看著忍者們扭曲的焦屍，堂堂宣言。

——猛虎暗殺拳，敗退。

§

「太好了。」

女戰士舉起用手甲包覆住的手，你和她輕輕拳頭相碰。

你對她怎麼謝都謝不夠，但這句話也可以套用在所有的團隊(Party)成員上。

歸根究柢，這只是你的任性之舉，陪你這一趟是出於大家的善意。

「我是無所謂。」

蟲人僧侶懶洋洋地開口。

「頭目（Leader）判斷有勝算，最終獲得勝利。沒什麼好抱怨的。」

聽你這麼說，我很感激。蟲人僧侶聞言，左右搖晃觸角。

「因為我沒幫上忙。」

「哎呀，搞不好回程又會遇到難纏的怪物喔？」

再從姊笑吟吟地開了個不好笑的玩笑。

她沒察覺到你鄙夷的目光，手放在豐滿的胸部前，得意洋洋。

「話說回來，不覺得姊姊的『火球』也很厲害嗎？」

你不否認，可是一旦誇獎她，她的鼻子不曉得會翹得有多高，所以你正在猶豫。

再說，一開始不就為戰鬥上的幫助跟她道過謝了嗎？

她聽了像在鬧脾氣似地鼓起臉頰，悶悶不樂。

反正回到地上前應該就會消氣。堂姊就是那種個性。

「不過，不枉我們那麼認真學習。」

女主教點點頭，還聽見她在自言自語「很有幫助」。

「聽說那本魔法書來自異國……是祕傳嗎？」

「上面還寫著奧義呢。操縱時間及空間什麼的。」

堂姊再度說出駭人的發言。

你嘆氣，甩掉沾到兩把武器上的血，把刀身擦拭乾淨後才收進刀鞘。

當然沒有解除備戰狀態，畢竟有一個人仍在戰鬥。

走上前，斥候正在搜索那群忍者身上的財物，以及他們藏起來的寶箱。

他不僅在剛才的戰鬥中擔任前衛，此時此刻又要面對真正屬於他的戰鬥。

思及此就覺得不忍心干擾慎重地動著雙手的他，你默默站在旁邊。

「要跟咱說話也沒關係喔，老大。」

咱可不會因為這點小事失誤。半森人斥候疑似露出苦笑。

沒有移動視線，雙手也沒停下。經過片刻的思考，你問他「要不要回去當後衛」。

「這個嘛，確實挺消耗精力的。」

事實上，萬一他的雙手在戰鬥中受傷，會影響之後的收入。

沒找斥候的團隊（Party），會做好可能中陷阱的心理準備由戰士打開寶箱，但此舉太過輕率。

雖說冒險者是冒著危險之人，並不代表他們對危險反應遲鈍。

至今以來，你會考慮斥候的疲勞度，讓他退到後方，由蟲人僧侶上前戰鬥。

然而讓蒙神賜予治癒神蹟的僧侶戰鬥，累到無法祈求神蹟就本末倒置了。

要讓僧侶還是斥候在前——難以判斷。

「哎，咱再試試唄。只要休息一下，動動手指還是沒問題。」

是嗎？你點頭。他都說了，那就這樣吧。

也有人會掩飾疲憊，想要履行職責，但他不是那種人。

他願意努力做好工作的話，你自然不打算多說什麼。

因為這次是你讓其他人配合你。

既然如此，你也該配合其他人，而你也想這麼做。

「……哦？」

你邊想邊戒備四周，半森人斥候突然發出聲音。

陷阱嗎？你們紛紛戒備，擺好架勢。

半森人斥候卻說著「不是啦不是啦」，拎起奇妙的武器。

「咱只是在想這啥東東。沒事沒事。」

是一把蝴蝶形狀的短劍，或短刀。

像隻以刀刃為翅的蝴蝶，四枚刀刃組成十字，乍看之下是沒有刀柄的短刀。

推測是剛才的「火球」導致的。暴露在高溫下的刀刃，被燒成黯淡的藍色。

比起互砍，似乎更適合投擲，你卻不知道該如何把它扔出去。

「搞不懂是什麼武器，看起來像盜賊的短刀。」

半森人斥候將兩枚刀刃當成劍鍔握住，費盡心思調查。

因為刀刃銳利到只是手指滑過去，都會割開淺淺一道傷口。

不知道這群忍者為何會擁有這麼好的武器。

虧你有辦法在那一瞬間將它打回去。

「要不要我來鑑定？」

女主教好奇地靜靜走過來，觀察那把武器。

你不明白她的眼睛可以看得多清楚，但她應該感覺得到什麼。

「行。回上面再說。」

半森人斥候說道，一副「總之先這樣吧」的態度，將那把武器插進腰帶。

瞧他的手還在把玩著喀唧作響的皮袋，收入大概也不錯。

女戰士笑出聲，輕輕用手肘撞蟲人僧侶的側腹。

「可惜。如果有陷阱，你說不定就有事做了。」

「無所謂。」

「唉唷。」

斥候故作滑稽地呻吟道，堂姊在旁邊笑著。

你再次吸氣，把迷宮冰冷的空氣吸進肺部，吐出。

裡頭參雜濃密的「死」味。不過，那是死去的忍者散發出來的。

你和你的團隊（Party）向他們發起挑戰，戰鬥，戰勝，一個人都沒少。

——結果無可挑剔。

§

來到地上，潮溼的風拂過你的臉。

天空既明亮又昏暗。雖然是白天——空中卻盤踞著黑雲，是下雨的前兆。

「待在迷宮會搞不清楚現在的時間呢。」

女戰士手扶著臉頰，像要嘆氣似地如此抱怨。

不曉得是充斥迷宮的瘴氣，還是戰鬥的緊張感所致，體感時間並不可靠。

走進迷宮後過了多久的時間，連你都無法判斷。

可是，幸好出來時沒下雨——你喃喃說道。

因為迷宮裡不會下雨。沒人會攜帶雨具。

「……下雨也跟我們無關就是了。」

出聲的是站在迷宮入口無奈地仰望天空的那名近衛女騎士，站在那裡看守的她，已經跟你們混熟了。聽說他們確實會輪職，只是碰巧常跟你們來的時間重疊。

工作時間總不能離開，下雨就得淋雨站在這邊。

冒險者來的時間不分晝夜，就算撇除掉這一點，怪物什麼時候會跑出來都不知道。

真辛苦——你慰勞近衛騎士，她害臊地笑著甩手。

「這次也全員生還。感覺不錯喔。積極挑戰最深處的團隊(Party)可不多。」

是嗎？

「只有你們和那位金剛石少爺？沒回來的人比這更多一些就是了。」

這樣啊。你點頭，又跟她閒聊了幾句才離開。

你和同伴一同快步走在從市外通往城塞都市的道路上。

冒險平安歸來，卻因為淋到雨而感冒病倒，這可不是鬧著玩的。

「啊，要下雨了。」

正好在剛走進城門後，女主教忽然仰望天空。

很快地，第一顆雨珠落在石頭路上，之後便是「嘩啦——」一陣巨響。

彷彿墨水打翻的豪雨打在身上，堂姊大聲尖叫。

「快、快找個地方躲雨吧……！」

她將外套翻過來蓋在頭上，拚命哀求，這副努力的模樣令人為她掬了一把同情淚。

團隊(Party)中沒穿鎧甲的，只有堂姊和女主教兩人。

溼掉的衣服貼在身上，底下的膚色若隱若現。

「對呀，這樣下去會感冒的……」

女主教則不怎麼擔心，不曉得是不介意還是沒發現。

身穿鎧甲的女戰士任憑雨水淋溼黑髮，神色自若。

「會嗎？涼涼的很舒服，繼續淋雨我也沒關係喔？」

你甩手叫她別這樣。要躲雨的話——

「黃金騎士亭最近吧。趕快過去唄！」

就是那裡。

「行。」

蟲人僧侶敲了下嘴巴，決定方針後，你們便飛也似地於街道上奔跑。

過沒多久，黑色雨水後面隱約浮現溫暖的橙色燈光。

從水花底下透出來的光，無疑是照亮酒館招牌的燈火。

你們毫不猶豫推開彈簧門，滴著水踏進酒館。

「歡迎回來——！」

不是講「歡迎光臨」，是因為你們成為這裡的常客了嗎？

兔人女侍輕快地跑過來，面帶笑容迎接你們。

你先點了——堂姊大叫「請借我們擦手巾！」——麥酒及溫暖的餐點。

「我想喝葡萄酒。要熱的。不加胡椒，幫我加一點砂糖。」

再來杯葡萄酒——你加點女戰士的份，目送女侍喊著「瞭解！」跑走，走向熟悉的圓桌。

「老大，咱們這的女性要求真多耶。」

「咦。」

聽見半森人斥候的碎碎念，女主教發出打從心底疑惑的聲音。你笑了。你們笑了。看這情況，迅速攻略地下三樓或許也不是夢。

不過沒人想像得到這座迷宮究竟有多深，這八成是在痴人說夢。

儘管如此，目標依然是打倒潛伏在地下迷宮最深處的存在。

目標放高，但腳步要踏實……

「請用！」你從跑過來的女侍手中接過擦手巾，邊擦身體邊想。

例如武器也是，任憑風吹雨打會生鏽，就算不是金屬製的同樣會受損。

戰鬥時拔出來的彎刀上長滿鐵鏽，不僅丟臉，還逃不了被砍死的命運。

「頭髮也要好好保養喔。」

「回旅館後塗個香油吧。」

「啊，哇，麻、麻煩兩位了……」

女戰士和堂姊正在一起關心女主教，看來女人愛聊天是真的。

女主教是這個團隊(Party)裡面頭髮最長的人，所以她們倆很認真地在幫她擦乾頭髮。

你笑著表示在這方面男性就不用煩惱那麼多。

「對啊。」半森人斥候點頭，蟲人僧侶卻嚴肅地開口。

「不過，下雨的話土塚會被沖毀……」

……原來如此。每個種族都有屬於自己的煩惱……

你在坐到桌前時注意到不遠處的一群冒險者，停止動作。

穿著閃亮裝備的美青年，你不可能認錯。

怎麼了嗎？你親切地跟貧窮貴族家的三男搭話。

「噢，沒事，我們抵達地下四樓了。正在確認地圖。」

面色凝重的金剛石騎士看見你的臉，表情放鬆了些。

包含紅髮祭司和犬人戰士在內，他的團隊(party)一個人都沒少的樣子。

對於被他搶先一步，你有點遺憾，同時也誠心感到喜悅。

你說「幸好你們也都平安無事」，金剛石騎士咕噥道：

「是平安無事沒錯。」

站在他旁邊，如同影子的銀髮少女看了女戰士一眼，輕輕舉手打招呼。

女戰士見狀，露出柔和的微笑揮手回應。

「……看妳這麼有精神就好。我還以為妳肯定已經死了。」

「真過分，我活得好好的喔？」

從之前聽說的她的來歷判斷，大概是在孤兒院認識的人。

但人家沒提的事情，深究也沒意義。

團隊的夥伴如何？頭目可靠嗎？妳還會怕黏菌嗎？

你將兩人的對話排除在意識之外，重新面向金剛石騎士。

——以迷宮探索進度最快的團隊來說，你們看起來沒什麼氣勢。

「這話由緊追在後的你說出口，有點像嘲諷或挖苦。」

不過看他笑著這麼說，金剛石騎士應該毫無這種想法。

你笑著聳肩，說只是因為你累了，才會給他這種感覺。

真是，聽說通往地下四樓的樓梯遲遲沒發現，結果竟然被他們搶先一步。

這樣的話，接下來就是地下五樓。這次要由你們帶頭——

「……不，其實地下四樓也探索完畢了。」

金剛石騎士努力維持不怎麼嚴肅的語氣，說：

「可是——沒有通往地下五樓的樓梯。」

——你說什麼？

你忍不住回問。

滂沱的雨聲仍未停歇，雨勢已經大到砸在酒館的窗戶上。

理所當然，外面暗如黑夜。

五之段

Trial of Champions

迷宮大競爭

沒有比張大的龍嘴更恐怖的東西。聽過和見過截然不同。

「噢……!?」

半森人斥候（Half Elf Scout）從虎口——還是龍口？——前跳開，你卻沒有他那麼靈活。

你叫著要夥伴趴下、躲開，龍的喉嚨幾乎在同一時間膨脹起來。

下一刻，熱風與巨響一同掃過迷宮的墓室，灼燒你們的肉體。

那是譬喻，又並非譬喻。

高溫的吐息絕非火焰，與其接觸的你的皮膚，卻在轉眼間被燒爛。

「啊、呃……啊，嗚……!?」

堂姊於背後掐著喉嚨，像脖子被勒緊似的，呼吸微弱跪倒在地。

急促的喘氣聲光聽就覺得有生命危險，你往她的方向瞥了眼，看見她面無血色。

你竭盡全力命令想要轉身的雙腿，於前線站穩腳步。

萬一戰線在這時崩壞，就算你衝到堂姊身邊，等待你們的也只有躲不掉的死亡。

蟲人僧侶見狀，以極為緩慢的動作搖晃觸角。

「有毒，別呼吸!!」

——不妙！

你單膝跪地，撐起身子，以履行前衛的職責。

不，你試圖起身，帶有猛烈毒素的瘴氣卻瞬間奪走你全身的力氣。

體內不僅傳來燃燒般的疼痛，每吸一口氣，喉嚨及肺腑都痛得跟被火燒一樣。

旁邊的女戰士以長槍做為支撐，拚命喘氣，彷彿在地面溺水。

你們都已經沒有幫助對方的餘力(Hit Point)，等等襲來的爪爪牙尾，想必足以致命。

連擁有強壯身軀的你都淪落至此。倘若後排成員受到直接攻擊，不可能撐得住。

因此，你必須撐住，以多少阻擋一些瘴氣傳到堂姊她們那邊。

——真是。

現身於面積不明的迷宮中的龐然大物，拘束地收起的雙翼。

看似苔癬的暗綠色鱗片，不曉得經歷多久的歲月。

至於爪牙尾就更不用說，凡是冒險者都會如蟲子般遭到蹂躪吧。

更重要的是，在凹陷的眼窩裡面熊熊燃燒的，深邃混濁的紅瞳。

竟然會在沒有任何遮蔽物，只看得見輪廓線(Wireframe)的迷宮內，與這般怪物——綠龍(Green Dragon)對峙！

聽說曾經的勇者，名列於白金等級之人，單憑一己之力就能對抗牠……

從此等骨氣來看，稱之為擁有勇氣之人確實貼切。

再給牠一回合的時間，你們就會死。

不可思議的是，面對那純粹的事實——面對「死」，你還有時間悠哉地沉浸在思緒中。

「得、手了!!」

——也就是說，只要在一回合內殺掉牠即可。

瞬間，因風而膨起的外套，從背後飛越你頭上。

搶先將接觸瘴氣的部位控制在最小程度的半森人斥候，敏捷地衝向龍。

外形奇特的蝴蝶形短劍於他手中閃爍，刀刃呼嘯著飛出去。

「嘿呀!!」

——一閃。

那隻龍應該會覺得有道銀光貫穿了迷宮，其實是刀刃刺進牠的紅眼。

牠發出尖銳的咆哮聲掙扎著，甩動長脖子，仰天長嘯。

刀刃根部噴出鮮血，由此可見，就算是龍，只要會流血就殺得掉。

「我上了！」

話雖如此，女主教（Bishop）擠出聲音大喊，並不是因為得到了勇氣。

「『溫圖斯（風）……克雷斯肯特（成長）……歐利恩斯（發生）』!!」

她用短短一瞬間朗誦真言，將掛在腰上的角笛拿到嘴邊吹氣。

緊接著，猛烈的暴風席捲而來，一口氣將充斥迷宮的暗綠色瘴氣吹出去。

——「暴風（Blast Wind）」的法術嗎！

女主教卓越的意志力，於此時此刻凌駕混亂的綠龍，成功改寫現實。

和堂姊一起認真學習法術的她，最近明顯在日益進步。

只不過，強烈的瘴氣導致堂姊站不起來，趴在墓室的地面上。

女主教好不容易將空氣吸進平坦的胸部，迅速衝到堂姊身邊。

「那邊麻煩你了……！」

「行！——『我等繞行世界的風之神，尚請為我等的旅途賜下幸運』！」

蟲人僧侶開口回應，為你和女戰士帶來「祝福（Bless）」。

交易神是旅行之神、風之神。清新的風中，祈禱的旋風纏繞於刀刃上盤旋。

你和女戰士乘著那陣順風，並肩飛奔而出，直線衝向綠龍。

「嘿！」

交錯的兩把武器，朝著因緣龍後仰而露出的龍喉刺去。

師父說過，屠龍時要瞄準的弱點，是龍喉的鱗片……

你不知道是不是真的，不過纏繞著真空刀刃的彎刀，輕而易舉砍進肉中。

龍血立刻噴出，滾燙如融化的岩石，呈現暗紅色。

攻擊側腹的女戰士也受不了龍血的溫度，尖叫著往後跳。

毫無緊張感的聲音一如往常，斜眼一看，她的臉卻因緊張及恐懼而冒出汗水。

「我沒事……！」

女戰士察覺到你的視線，輕輕叫了聲。你配合她重新拿好刀。

「吃我……這招!!」

隨著細微的咳嗽聲傳來的吶喊，出自被女主教攙扶著的堂姊口中。

引以為傲的頭髮亂成一團，從破掉的衣服底下露出的白皙肌膚被高溫燒得潰爛，眼泛淚光。

她卻筆直伸出雙手，高聲朗誦咒文。

「『特尼特爾斯（雷電）……歐利恩斯（發生）……雅克塔（投射）』!!」

「閃電（Lightning）」的白光，覆蓋掉迷宮的黑暗。

雷擊在空中描繪出不規律的曲線，以超越音速的速度命中巨龍。

「唔，嗚嗚……嗚、嗚……！」

過剩的魔力滿溢而出，灼燒堂姊的指尖，她卻沒有因此卻步。

就算是龍，被這一擊擊中——

「等一下，不會吧……!?」

女戰士的驚呼，否定了你樂觀的猜測。

你在依然殘留著電光殘影的視野中，看見巨大的身軀還在蠢動。

巨龍瞪著你們，一隻眼睛、喉嚨、腹部滴著血，燒焦的鱗片冒出黑煙。

眼中的殺意自不用說，看來牠完全沒打算放你們活著離開。

——不過。

你們也一樣。

你在龍張開嘴巴的瞬間，身體探向前方。

沙吉塔（箭）……印夫拉瑪拉耶（點火）……拉迪烏斯（射出）。你低聲朗誦三句真言。

然後將於指尖亮起的鬼火，扔進龍喉深處。

「————」

一陣彷彿能聽見唾液吞嚥聲，令人屏息的剎那間的空白過後……

巨龍的腹部從內部膨脹，傷口緊接著噴出火焰，炸裂四散。

§

「呼……哎呀，真沒想到這種地方會有龍。」

半森人斥候拔出跟龍的肉片一起炸飛，刺在牆壁裡的短刀，感慨地說。

自從拿到那把蝴蝶短刀後，他的前衛就當得愈來愈像樣。

你也暫且放心了，可是不習慣的戰鬥好像還是會帶來緊張，他的語氣十分疲憊。

考慮到之後還要開寶箱，你很煩惱要不要把他調回後排，不過……

「說什麼傻話。迷宮（Dungeon）就是會有龍（Dragon）。自古以來。」

蟲人僧侶待在後方的安心感，也令人難以捨棄。

你深深體會到，冒險沒有最佳答案。

「那叫龍的探索（Quest）吧。誰受得了路上會有龍在散步。」

「現在這個時代，走在郊外都會有野生的龍從草叢跳出來。」

「那還真是謝謝喔。」

你放著那兩個人繼續閒聊，拍了下旁邊的女戰士的肩膀。

「嗯？」她轉過頭，嘴角掛著一抹微笑，臉色卻是蒼白的。

大概是使用長兵器，體力會消耗得比較厲害，雖然你也差不了多少。

更何況敵人還是龍。無可奈何。

「我還能繼續打。」聽你這麼說，女戰士悶悶不樂地噘起嘴巴。

「不過，我好像有點嚇到。今天不想再看見龍了。」

深有同感。是時候回去了吧。

你下達判斷，拜託女戰士在調整好呼吸前負責戒備周遭。

「好——我會注意的。」

她比想像中還聽話，坐到牆邊，你點頭，前去關心下一位隊員。

半森人斥候交給蟲人僧侶照顧，你最擔心的是——

「……姊姊沒事喔？」

可惡的**再從姊**。

坐在墓室角落讓女主教照顧的她，令你眉頭緊皺。

過量詠唱（Over Cast）的指尖燒傷了，纏著繃帶，光看就覺得痛。

「幸好傷勢不會危及性命，不需要祈禱神蹟，可是……」

女主教擔憂地說，將治療用具收進行囊，拭去額頭的汗水。

「回上面後不好好治療的話，說不定會留疤。」

「嗯——那樣有點討厭耶。」

當事人這麼悠哉——本人可能覺得自己表現得很嚴肅——讓人傷透腦筋。

你告知隊員今天先到此為止，叮嚀堂姊回程不要勉強自己。

「這還用說……不過『閃電』沒效，我有點受到打擊。」

沒辦法。你邊想邊回答。雖說是低階種，敵人可是龍。

若沒有風神的「祝福」，你和女戰士的武器能不能傷到牠都不知道。

你的「火焰箭（Fire Bolt）」起了作用，最主要的原因應該也是運氣好。

「宿命」及「偶然」的骰子，不會單憑絕對的力量差距定勝負。

「我們也得更認真學習法術了呢。」

話雖如此，對於主張努力毫無意義，對此嗤之以鼻的人而言，攻略迷宮可謂難如登天。

看見堂姊鼓足幹勁，你苦笑著提醒她別逼女主教奉陪。

「不會的！我學到的都是很有用的知識，反而是我想請她多加指點……」

女主教急忙搖頭，高興地揚起嘴角。

「兩個人一起看魔法書的時候，會發現許多有趣的事，十分愉快。」

「對呀！」堂姊說。「她很擅長從古代文獻中找到各種資料，我好驚訝。」

這麼說來——女主教曾經說過她從小就在念書。

「不過，我還有得學呢。」

果然是過去的經驗派上用場了嗎？聽你這麼說，女主教紅著臉低下頭。

「之前發現的從魔界之核（Demon Core）引出力量的法術，也尚未成形……」

——嗯？

好像聽到一個奇怪的詞彙，算了，有女主教在，不會有問題吧。大概。

總而言之，回程不要勉強。你再次提醒，吁出一口氣。

斥候狀態不錯的話，是時候請他調查寶箱了。

雖說已經打倒墓室的怪物，你可不想一直停留在這個地方。

「對，馬上就要聚集過來了。」

蟲人僧侶發現你走近這邊，開口叫你提高警戒。

探索途中，你也有發現盤踞在迷宮、墓室角落的混濁影子。

穿鎧甲的男子、看起來像魔法師的長袍男子、疑似僧侶的少女……

若是鼠人（Skaven）、食人鬼（Ogre）之流倒還算好……

「是初學者獵人，還是……」

——腐敗的屍體（Rotting Corpse）。

「討厭……那個很難處理耶。」

不管是被「死」之迷宮蠱惑的人們，還是「死」本身。女戰士嘆氣。

你輕輕聳肩，回答「總比黏菌好吧」。

女戰士露出微笑，默默拿長槍的石突刺你。

你邁出步伐輕鬆地閃開，呼喚半森人斥候。

「喔，老大。咱好哩。趕快調查寶箱走人唄。」

他靈活地起身，拿起水袋大口喝水，擦拭嘴角。

以俐落的動作使用七種道具尋找鎖孔、調查陷阱的技術有多精湛，自不用說。

儘管如此，身為團隊中的戰士，這段期間站在附近戒備周遭，是你的職責。

半森人斥候扛下了最危險的任務，你可沒打算扔下夥伴自己逃跑。

——地下四樓探索得很順利。

只是找不到樓梯這個事實，阻擋在你們面前。

你下意識嘆氣……女戰士沒放過這個機會，對你刺出第二槍，你忍不住叫出聲。

實際上，地下四樓的構造真的很單純。

僅僅是由好幾間墓室排列而成的走廊。

跟存在未知領域的地下一樓、充滿陷阱的地下三樓比起來，簡單得令人錯愕。

出現的怪物確實比上一層樓強大。

那隻綠龍雖然是特例，地下四樓可是有巨大蜘蛛、食人鬼、人狼在徘徊。

實在稱不上綽有餘裕——可是，僅此而已。

只要仔細調查、前進、戰鬥、存活下來，前方就再無其他。

只有源源不絕從迷宮冒出的財寶。

除此之外，前方什麼都沒有。

那個事實比一般的怪物更加強大，硬生生阻擋在你們——不對，是你面前。

「……開哩。」

寶箱的蓋子叩一聲掉在地上，滿滿的金幣山在裡面綻放光芒。

你只往那邊瞥了一眼，無意間深深嘆息。

§

離開地底，你們從市外回到城塞都市，被刺眼的熱鬧街景包圍。

來來往往的冒險者充滿活力，天色都暗了，店家依然燈火通明，到處都聽得見金幣銀幣的碰撞聲。

源源不絕從迷宮冒出的財寶，將這座城塞都市變成了不夜城。

「嗯——機會難得，今晚住最高級房（Royal Suite）也不錯。」

半森人斥候輕快地於人潮間穿梭，悠閒地笑了。

你並沒有刻意節省開銷，不知為何卻一直睡在馬廄。

女性組住的是有簡易床鋪的大房間，更好的房間其實也已經住得起。

除了團隊（Party）的共同資金外，報酬會分配給每位成員，大可自由使用。

你有點隨便地扔出一句「我無所謂」。

「我……住現在的房間也可以。」

難得的是，女主教略顯膽怯地提出異議。

小步走在團隊（Party）正中央的她，願意像這樣明白表達自己的意見，值得高興。

堂姊好像也是同樣的心情，笑著兩手一拍。

「呵呵呵，因為晚上大家一起聊天很開心嘛。」

再從姊體力消耗得很厲害，不趕快睡的話，明天會撐不住喔。

你如此**揶揄**她，她氣得回答「才不會！」好吧，算了。

——不能算了，不過就這樣算了吧。

今天探索過夠多間墓室，明天休息一天也無妨。

幸好你們有錢，實力也成長到能跟綠龍一戰的程度。

完全沒必要著急。

「哦……」

聽你這麼說，女戰士發出意味深長的吐息聲，對你使了個眼色。

「我明天也能繼續努力的說？」

「想休息的時候大可休息。」

你還沒開口，蟲人僧侶就從旁插嘴。

他還是老樣子，臉上看不出情緒，晃動觸角，用複眼盯著你。

這名蟲人眼中的你，不曉得是什麼樣子。你忽然有點好奇。

「我都可以。」

他講得輕描淡寫，這句話卻帶有壓力，你輕輕倒抽一口氣。

然後在腦中思考該怎麼說，不久後——恐怕只有短短一瞬間——開口說道。

——那就休息一天。

「好的——」

你如此宣言，蟲人僧侶敲了下嘴巴，女戰士發出冷淡的應和聲。

「晚安……」女主教無精打采地呢喃。「……要做什麼呢？」

「念書不錯，買東西也不錯！」

堂姊喜孜孜地答腔，兩位女性聊得有說有笑。

你背對他們，默默前進——

「嘿，老大，今天不去酒館嗎？」

半森人斥候這句話，使你發現自己不知何時快要從黃金騎士亭前面經過。

你停下腳步，抬頭看著招牌。裡面傳來冒險者熱鬧的談話聲。

是懷著夢想，剛來到城塞都市的年輕人嗎？還是今天也順利戰勝迷宮的冒險者？

應該也有人在以酒為死去的同伴弔唁。

追求無窮無盡的財寶，來到這座城市，挑戰迷宮，戰鬥，殺敵，存活下來——

——最終被「死」吞沒。

地下四樓，是否就是「死」的盡頭？

你不知道。

不知道，但你莫名提不起喝酒的興致。

也不想見到其他冒險者，更遑論金剛石騎士那群人。

你告訴斥候今天休息一天，不去酒館，將團隊(Party)的錢包扔給斥候，好讓大家玩得開心。

偶爾沒有頭目(Leader)在比較好吧。你與夥伴道別，走向旅館。

「啊……」

女主教好像想跟你說什麼，卻欲言又止。

你停下腳步，推測既然她沒有繼續說，或許不是太重要的事，重新邁步而出。

一個人走在街上，你注意到的是冒險者的數量愈來愈多。

每個人都是衝著迷宮裡無盡的財寶而來。

即使最後抵達的會是地下四樓的墓室，他們也毫不介意。

仰望天空，被街上的燈光照得發亮的夜空中，隱約看得見一縷白煙。

是據說有龍棲息的那座山的火。然而，那也跟這座城市的冒險者無關吧。

你忽然想隨便找個人告訴他，那座迷宮地下四樓就是盡頭了。

想要逼問他明不明白那代表什麼，破口怒罵，大聲嚷嚷。

雖然這麼做八成只會遭人白眼。

過沒多久，你抵達平常住的那間旅館。

你按照慣例借馬廄棲身，蜷縮成一團坐到稻草堆上。

今天的探索——非常累人。

是因為遇到綠龍嗎？不，遇到那隻怪物雖然不在意料之內，卻在意料之內。

探索本身順利結束了，身體卻異常沉重。

坐下來的身體使不出力氣，四肢也跟被綁在地上一樣，一動也不動。

算了，也會有這種日子。沒什麼大不了。明天休息，這樣不就行了？

毫無變化。

再度潛入迷宮，與怪物戰鬥，存活下來，得到財寶，歸來。

仔細一想，僅僅是重複這個單純的過程不也不錯嗎？既然前面沒有其他東西。

你懷著宛如冒著黑煙的灰燼的心情，墜入夢鄉。

不曉得過了多久，你聽見窸窸窣窣的細微聲響，睜開眼睛。

在昏暗的夜色中動來動去的身影，是熟悉的半森人斥候。

「哎呀，待在那咱坐不住。」

或許是發現你醒來了。他像在辯解似地說道，露出苦笑。

「躺在那種軟綿綿的床上，反而會變老吧。」

是嗎？你點頭，他說了句「老大晚安」，縮起身子躺進稻草山。

對面是蟲人僧侶嗎？從他的複眼看不出他醒著沒。

你因為剛醒來的關係，思考變得相當遲緩，不經意地望向馬廄外。

看得見遠方旅館模糊的燈光。有簡易床鋪的大房間是哪一間？

——今晚，她不會來嗎？

你突然想到。

又沒有要事，不來很正常，為何你卻莫名寂寞？

你為這愚蠢的疑問笑出來，逼自己重新閉上眼睛，在稻草堆中尋求睡意。

無論如何——再過幾小時，天就會亮。

就算不會有什麼事因此得到解決。

§

「頭目，我們去採購物資吧！」

女主教幹勁十足地宣言，你「喔、喔」應了聲，湯匙從手中掉落。

你將沉進拿來當早餐的麥粥中的湯匙晾在一旁，緩緩面向女主教。

——早上的「黃金騎士亭」，如同以往充滿懶洋洋的喧囂聲。

終於離開迷宮的人、即將潛入迷宮的人，正在又吃又喝。

剛來到城塞都市的人，緊張地東張西望，尋找同伴。

期待默默坐在那邊就會有人來搭話的人，晚上也會發現那是自己的幻想吧。

那只會發生在魔法師和僧侶身上，來自鄉下的農家三男不可能遇得到那種好事。

「啊，那我也請你們幫忙買點東西好了。嗯，我想吃甜食。」

「說得也是。我也……需要一些觸媒。啊，還有甜食！」

「對喔，藥水和一些小東西有點不太夠。能順便幫咱買來就太好哩。」

「我都可以。」

——在你逃避現實的期間，夥伴們已經以你們要去採購物資為前提討論起來。

不，等一下。採購物資我自己一個人去就好。一個人。一個人！

考慮到其他人的感受，你如此回道，女戰士率先表達不滿。

「咦咦——！這孩子好不容易鼓起勇氣邀請你，你還講這種話？好可憐——」

比起擔心，她的語氣更接近在調侃你。女戰士伸手環住女主教。

她緊緊抱住女主教，彷彿要保護她，女主教只是害羞地說「不會，沒這回事」。

「嗯。」**再從姊**見狀，跟平常一樣豎起眉毛。

「怎麼可以害女生沒面子！」

嘖，誰在跟妳說這些。

你拿起連柄都泡在麥粥裡的湯匙，好不容易擦乾淨，繼續吃飯以蒙混過去。

從眾人溫暖的目光判斷，他們八成早已商量好。

誰提議的？絕對不會是**再從姊**。你無視向你抱怨「沒禮貌！」的她。

「就跟你說是這孩子了。」

對不對——？女主教摸著緊緊抱在懷中的女主教的臉頰疼愛她。

「是、是的。」女主教點頭。她雖然難為情，看起來倒並不反感。

她和其他女性及同伴關係融洽，你也十分高興，然而……

「同伴找你一起買東西，沒什麼好稀奇的吧。」

蟲人僧侶喀嚓喀嚓地敲著嘴，對猶豫的你說。

「還是說怎麼著？有不想去的原因？」

「哎呀！」

他一這麼說，**再從姊**就氣得橫眉豎目，但這不重要。

你沒道理拒絕，可是……

沒來由的焦躁感令你躊躇不定，半森人斥候放聲大笑。

「老大，你無路可逃了啦。乖乖幹點探索迷宮以外的事唄。」

——唔。

經他這麼一說，是這樣嗎？

的確，這段時間你滿腦子都只有探索及鍛鍊。打倒敵人，向前邁進。

因為你認為，若不這麼做，無法與在迷宮內蠢蠢欲動的「死」對抗，不過……

——光這樣不足以「活著」嗎？

一的反面是六。擲骰時光在意一點，無疑愚蠢至極。

當然，只是像這樣邊吃麥粥邊思考，心裡不可能理解。

大腦與心不同，但能夠配合。前提是要為此採取行動。

——好。

你點頭，一口氣將碗裡剩下的麥粥扒進口中。

回過神時，其他人早就吃完飯了。你吃得還真慢。

那就走吧。去買東西。不是一個人，而是和女主教一起。

「——是！」

她瞬間露出如花綻放的笑容，頻頻點頭。

看女性組歡呼著輕輕擊掌，果然是安排好的。

不可思議的是，你感覺並不差。

親近之人關心自己是件好事，令你糟蹋這份心意的焦躁感，是不好的東西。

你叫住經過旁邊的獸人——是兔人——女侍，點了一杯水。

「好的！呵呵，我都聽見囉。喘口氣是很重要的！」

她用毛茸茸的手拍了下你的肩膀，你露出苦笑。看來你這人挺好懂的。

不過，嗯，也罷。你再度心想。

光是決定要休息、玩樂，悶在體內的氣彷彿就洩出來了。

你點頭，雙手合十，將裝著團隊（Party）共同財產的錢包放在桌上。

——那麼，先從其他人想買什麼討論起吧。

§

「來看看喔。這是在迷宮找到的世上罕見的活金幣！」

「這價格有點貴。鑑定費和售價一樣，根本是在搶錢吧。」

「哎呀，這尊熊雕像是殺了上百萬敵人的熊，聽說會帶來好運……」

「欸，這可是純金製的鑰匙耶？開個好價格買走啦！」

晃到街上一看，城塞都市狹小的空間內擠滿人潮。

嘹亮的叫賣聲四起，外出採購的冒險者與商人的交談聲傳入耳中。

畢竟全新的商品、用來交易的金幣，在這座城市都無窮無盡。

看見這個景象，實在想不到世界正一步步走向滅亡。

衣衫襤褸，疑似難民的人，在這裡卻會露出放鬆的表情。

是因為他們很放心嗎？不安歸不安，總有辦法活下去——是因為他們這樣想嗎？

吹拂這座城市的清風，真的有點溫柔。

「應該是拜交易神所賜。」

小步快走，拚命跟在你旁邊的女主教，看起來鬆了一口氣。

「不過，難民還是很多……看來戰況並不理想。」

接下來說的話卻透出一絲憂鬱，或許是基於她的使命感。

考慮到前幾天在寺院聽見的她的出身，不能怪她有這種想法。

必須拯救世界。

想到這是多麼困難的任務，看到現狀她會陷入沉思也很正常。

低下頭的她卻在沉默片刻後，「嗯」地用力點頭，抬頭看著你。

「為此，今天要採購物資！」

她斬釘截鐵地宣言，喊著「我們走吧！」帶頭上前。

這次換成你要拚命追上她——你笑了。

實在很愉快。

「要先去哪個地方呢？」

她興奮地回頭，用被眼帶遮住的雙眼望向你。

現在的她跟冒險時不同，卸下了武器及防具，穿著平常那身衣服，卻相當有活力。

原因當然不在於她本來是名門千金，不過說她是哪裡來的千金小姐都不奇怪。

莫非，這就是原本的——剿滅小鬼前，以及被迫接受家人教育前的——她嗎？

你邊想邊提議先四處看看。

武器、防具、藥物類，應該要在你常去的那家古怪老人的店採買。

然而除此之外的小東西，以及女戰士和堂姊擅自要求的甜點，得另外處理。

逛攤販應該也不錯。

因為她可是至高神的女主教。只要有鑑定的權能，就不可能被推銷奇怪的商品。

你對她說「靠妳了」，她開心地回答：

「是！」

§

隨便走在路上，就算不是狗，也會被有興趣的事物吸引。

陳列於攤販上的各種商品中，有許多東西吸引住你的目光。

例如——刀劍類就是最具代表性的例子。

「喔喔，先生小姐眼光真好！我這邊賣的都是古往今來千挑萬選的名劍哩！」

講話有點口音，疑似來自異地的行商，面不改色地大放厥詞。

推測是因為你身旁的少女穿著便衣，他沒發現她的身分。

你瞥了女主教一眼，她淘氣地隔著眼帶對你使眼色。

你對忍住笑意的她點了下頭，蹲在劍前面觀察。

——原來如此，好吧，的確。

乍看之下，確實是能夠稱之為名劍、寶刀的武器。

至少保養得很好，拿起劍拔出來一看，白刃綻放著耀眼的光輝。

但這種程度，用不著花多少心思就有辦法偽裝……

「……需要的話，要不要我來看看？」

女主教壓低音量詢問——語氣聽起來有點高興。

你表示肯定，拿在手中的是擁有屠龍刀(Dragon Slayer)這個誇張名字的劍。

除此之外還有野獸殺手(Were Slayer)、魔法師殺手(Mage Masher)等武器，不過，先從龍下手。

對付之前遇見的那隻綠龍時，如果有這把劍，會不會輕鬆一些？

「噢，這把劍……」

女主教用纖細的手指撫摸劍柄。

接著以像在愛撫的手勢滑過刀刃，露出複雜的笑容。

是贗品嗎？女主教輕輕搖頭，回答你的問題。

「……是真貨。可是……該怎麼說呢……」

她用眼帶底下的雙眼瞄向店長，靠到你身旁。

然後稍微踮起腳尖，嘴唇湊到你耳邊呢喃。

——用不到。

哦。你應了聲，她發出孩童般的笑聲，繼續輕聲說道：

「那把劍是用來擊落在空中飛翔的龍。對付棲息於地底的龍，無法發揮真正的實力。」

雖說通稱屠龍魔劍，裡面也分成許多種類。

在英雄傳說中受到讚頌的劍、殺龍劍（Dragon Buster）、滅龍劍（Dragon Valor）……

聽說大多數在跟龍以外的生物戰鬥時，就是把普通的劍，所以出現在市面上的自然也是贗品較多。

因為真的要找屠龍刀來跟龍戰鬥的人並不多。

從這一點來說，光是這把劍並非贗品，就值得慶幸。

即使在這座地下迷宮，無法發揮它真正的實力。

「所以要買的話……以我個人的意見……」

女主教的手指以跳舞般的動作，於放在布上的武器間來回移動。

最後在一把劍前面停下手。

「……嗯，我會選這把劍。」

是把好幾層刀刃相連的奇怪長劍。

樣式有點古老，應該是有點年代的武器……

「噢，真會挑。先生，那把劍可是有名鍛造師打造的好劍。怎麼樣？」

你在店長的推薦下拿起劍，感覺到紮實的手感及異常輕盈的重量。

你徵求店長的許可，輕輕揮了下，劍風呼嘯而過。

沒錯，確實是把好劍。

只要揮一下，肯定能輕易撕裂敵人的血肉，讓它變得跟碎肉一樣。
提供這種東西的武器店，在這座城塞都市中你只知道一家。
既然沒有在那家店販售，莫非這是於迷宮發現的？
「嘿嘿嘿，最近進了很多貨。哎呀，真是太感謝了。」
仔細一看，的確，包含其他刀劍類在內，大多都是那類型的武器。
不，不僅限於刀劍。
你掃了放在布上的商品一眼，法杖、戒指也很多。
你對魔法稍有涉獵。
隨便擱在那邊的其中一把杖，就寄宿著強大的火焰魔力，這點小事你也看得出來。
對於女主教這種術師而言，想必是實用的裝備，堂姊當然也是。
——然而。
你忽然覺得不太對勁，輕輕將手中的古老名劍放回布上。
無法用言語形容，搞不好只是錯覺。
但難以言喻的……跟踏進那群無賴漢所在的墓室時一樣的異樣感，揮之不去。
「先生不需要嗎？」
你對店長扯出一抹假笑，輕拍腰間的彎刀。

武器還是用習慣的最好，如果有這類型的武器，或許會再來光顧。

「這樣啊。」

店長大概是習慣客人只看不買了，似乎不怎麼在意。

可是，不買的也只有你一個人而已。

如果女主教有要買的東西，幫成員添購裝備乃團隊頭目（Party Leader）的職責。

有想要的嗎——

「————」

女主教卻沒聽見你的聲音，失明的雙眼直盯著某一點。

你跟著看過去，是一枚平凡無奇，上頭綴有華美裝飾的戒指。

連你都看得出來八成不便宜。甚至令你有點退縮。

不過若那是強力的咒具，你不是不能懷著跳進龍嘴的心情買下它。

「……沒有。」

女主教看起來十分害怕，用顫抖著的聲音低語。

「沒有……不用了。我沒東西要買。」

她否定了好幾次，搖搖頭，快步離去。

你急忙跟在後面。她的走路方式雖然優雅，步伐卻穩健踏實，這是冒險者的基本原則。

過沒多久，你追上了她，還沒開口問，女主教就喃喃說道：

「那個戒指……被詛咒了。」

詛咒。你重複一遍，女主教單薄的肩膀瑟瑟發抖，低下頭，宛如看見怪物的嬰兒。

「怎麼說呢……有種冰冷、要被吸進去的感覺……」

——嗯。

你低聲沉吟。

說不定跟那把利劍帶給你的奇妙異樣感相同？

不是毛骨悚然。有種有東西在悄悄逼近的感覺。

充斥這座城塞都市的東西。無時無刻跟在所有冒險者身邊的東西。

你停下腳步，默默回頭望向商品繁雜的市場的另一端。

那間攤販、劍、戒指都被人潮淹沒，看也看不見。

——不過，可是，或者。

那種感覺，恐怕，一定是冰冷的「死」……

§

「啊……」

快步逃離市場的女主教突然停下，一口氣抬頭。

你追上她，問她怎麼了，她卻只是搖頭回答：

「沒有。那個，在這邊。大概……」

她踩著不受視線限制的堅實步伐在巷子轉彎，飛奔而出。

那不帶一絲躊躇的跑法，彷彿完全不會害怕撞到行人、撞到建築物或跌倒。

你急忙追上，不過似乎可以不用擔心跟丟她。

——她說不定挺調皮的。

連這種無意義的想法都閃過腦海。

在她遭遇那場不幸前，或者在她被當成未來的英雄教育前。

雖然這個假設一點意義都沒有。

她的哪些部分是天生的，哪些部分是後天培養出來的，你無從得知。

而包含從人生經驗中得到的部分，都屬於那個人的本性。

意即，結論如下。

她還挺調皮的。

「……在這邊。」

她在十字路口駐足，歪頭側耳傾聽，轉身跑向下一個轉角。

跟在後面的你，實在想不到她要去哪裡。

你詢問目的地，她也只會回「我不知道」，真令人頭痛。

不過，被女主教牽著鼻子走的時間，很快就結束了。

過沒多久，你也看見她在尋找的是什麼東西。

是一名少女。

一名不知道有沒有滿十歲的小女孩，黑髮推測是由家人幫她綁成辮子的。

少女睜大眼睛，嘴脣抿成一線，雙手用力握拳。

要說出她在忍著不要哭泣很簡單，同時也是可恥的行為。

雖然她拚命忍耐，還是忍不住發出細微的啜泣聲……

──妳聽見了嗎？

「是的。」

女主教害羞地回答，優先跑到那名少女身邊。

她毫不介意白衣會被弄髒，跪到地上，和那女孩視線齊平。

「……妳怎麼了？」

這副模樣使你既感慨，又驚訝，又忍不住揚起嘴角。
至少你心中的情緒，肯定是溫暖的。
反觀。
你故作誇張地搖頭聳肩，走向站在少女身旁的人物。
真可悲。竟然有冒險者去欺負這樣的小孩，把她弄哭。
「……我沒欺負她。」
金剛石騎士帶著誠心感到無奈的表情轉身。
身高和小孩子差不多的銀髮少女——不，銀髮斥候也站在旁邊。
她雖然是個表情平淡，情緒起伏小的女孩，一眼就看得出她現在十分困擾。
若把這副模樣告訴女戰士，她肯定會笑得樂不可支。
「嗯。」銀髮少女噘起嘴。「做為交易，我告訴你她羞恥的事蹟。」
等會兒我們再好好談談。你點頭，詢問金剛石騎士到底是什麼狀況。
少女的表情因女主教的慰問放鬆了些，比起由你出面，交給她應該比較好。
「沒有，我以為她迷路，想關心一下……」
「結果開口第一句話就是『不要哭』。」
——噢。
你效法銀髮少女，對金剛石騎士投以鄙夷的目光。真可悲。

「別又說一遍。閣下也稱不上擅長應付小孩。」

你頭一次看見這名年輕騎士露出與年齡相符的表情。

不過，這句話你可不能當沒聽見。或許是，或許不是。

你用某位魔法師（《魔戒》的甘道夫）說過的話調侃他，思考該如何是好——

「那個……」

這時，女主教開口說道。

「……可以打擾一下嗎？」

你點頭，她輕輕牽起少女的手走過來。

我瞧瞧。你單膝跪地，對上黑髮少女的目光。

看起來很聰明，眼睛炯炯有神，面對不知所措的恐懼，拚命忍耐著——是個好孩子。

「我跟姊姊，走散了。」

她用含糊不清的聲音支支吾吾地說。

唔。你思考，點頭。那還真是足以毀滅世界的重大事件。

——既然如此，得去幫她找那個姊姊。

「是！」

女主教的回答彷彿打從一開始就知道你會這樣說，你有點難為情。

因此你看都不看那邊一眼，站起來，輕輕拍掉沾到膝蓋的土。

「————」

金剛石騎士和銀髮斥候錯愕地看著你。

「沒事。你的為人在之前那場酒館的騷動，我就見識過了，不過——」

金剛石騎士笑道「我沒有惡意」，甩了下手。

「……瞭解一個人果然很難、很愉快。」

你哈哈大笑。哎，理由要多少有多少，可是……

身為冒險者，這種時候該說的臺詞只有一句。

——交給冒險者（Adventurer）吧。

§

「這樣呀，妳跟姊姊……」

「……是的。我們來買東西，不小心走散了。」

話雖如此，你能做的並不多。

女主教牽著少女的手，溫柔地邊走邊聽她說明狀況。

明明看不見，走起路來卻沒有任何障礙。這是當然的，整齊的巷子和迷宮根本不能比。

她一面細心地與孩童交談，一面踩著穩健的步伐前進。

「……………唉。」

牽著少女另一隻手的，是嬌小的銀髮斥候。

她在另一種意義上深得少女的喜愛，大概是被當成同年紀的人。

每當少女拽著她的手跟她說話，銀髮斥候就會發出「啊——」或「唔——」或「嗯——」的聲音。

——總之。

有她們兩個在，你沒什麼事能做。

找東西是斥候的工作，陪小孩則是女主教的任務。

金剛石騎士一臉尷尬地走在旁邊，相較之下，你的心情挺輕鬆的。

至少跟看見盡頭的地下迷宮比起來，幫忙找個人愉快許多。

能幫助他人，能得到成果，有未來，不是很棒嗎？

「你看起來就不會有煩惱……不，只是就算有煩惱，也會表現出不在意的樣子吧。」

——怎麼突然講這個。

你大笑出聲。你完全沒辦法看得這麼開。

其實，想到不久前的自己，他真的太看得起你了。

都是拜團隊的同伴所賜。

——得到了珍貴的東西。

金剛石騎士聞言，彷彿看見耀眼之物，喃喃說道「是嗎」。

「我還在想，你搞不好會好奇探索的進度。」

沒錯。你毫不猶豫地說。你會好奇。

究竟地下迷宮是不是在地下四樓就結束了？這座迷宮沒有更深的地方嗎？

沒有的話，除了不斷殺戮與掠奪外，不就沒有其他事該做了？

金剛石騎士神情複雜，發出像在沉吟的低沉聲音回答你。

「嗯，我們也在繼續探索……跟其他樓層比起來，地下四樓地圖的空白區域更大是事實。」

原來如此，你也同意。

你們已經知道，迷宮並非完全的正方形——或者說長方體。

因為地下一樓和地下二樓，樓梯的座標有偏移。

先不論那是因為物理構造不同，還是魔法或其他因素導致次元扭曲的關係。

——仔細一想，這件事也是她發現的。

你看了走在前面的女主教一眼。

© lack

她處處留意，以免少女跌倒，跟她說話，笑著前進的模樣，也是她原本的姿態吧。

不曉得有多少東西壓在她肩上，才害她淪落至低著頭在酒館縮起身子。

總之……這樣代表其他樓層可能有線索嗎？

「或許。不過若要從一樓重新調查一遍……」

沒那個時間。

用不著金剛石騎士說，你也知道。

城塞都市被異常的生氣、活力、喧囂聲籠罩。

從迷宮湧出的無限財寶，以及為此而來的冒險者、商人、難民。

這裡可是世界危機的斷崖邊緣，卻把所有人都吸引了過來。

明天「死」就從黑暗深處爬出，世界滅亡都不奇怪。

可是，每個人看起來都不在乎。

不曉得是假裝沒注意到，還是真的覺得無所謂。

這個畫面透出一絲寒意，宛如餘火仍在燃燒，即將冷卻的灰燼。

或者——地下迷宮底部，真的沒有什麼「死」存在。

「也就是說，我們根本誤會了，找錯目標，只是在攻略一座財寶源源不絕的遺跡？」

金剛石騎士笑出聲來。

「那還真是太遲了。」

你也一樣大笑出聲。

女主教和銀髮少女轉頭望向這邊，你揮手叫她們別介意。

若真正的目標在其他地方，此情此景是多麼空虛啊。

——話說回來，你竟然沒對她坐視不管。

「你指什麼？」

那孩子。你抬起下巴指向黑髮少女。

儘管他的做法稍嫌笨拙，不愧是守序善良（Lawful Good）。

金剛石騎士沉默了一瞬間，面色凝重，含糊其辭。

「不是。」

你看了他一眼，沒有多說什麼，等待他繼續講下去。

「……我也有個妹妹……比她更小就是了。」

所以沒辦法放著她不管。金剛石騎士自嘲似地說。

他的視線，彷彿在透過跟女主教交談的少女，看著遠方的其他人。

「你會覺得雙胞胎不吉利嗎？」

你想了一下，回答「沒這回事」。這種想法未免太迷信。

你認為這跟看見骰子骰出極端的點數，就在那邊大聲嚷嚷一樣。

「父親似乎不是這樣想。」

金剛石騎士不屑地說。

「……那已經沒救了。」

前方的銀髮少女驚訝地看過來，你簡短回答「是嗎」。

——總會有不得不放棄某個人的時候。

除此以外什麼都不該說。揣測他人的情緒極為困難。

更遑論放棄的對象是家人。要將心境調整到「噢，就這麼點小事啊」，應該需要經歷很多事吧。

自稱貧窮貴族家的三男的這男人，肯定也是因為有過去的經驗，才造就現在的他。

身為不知情的人，你該做的只有把他說的話聽進去。

「啊……！」

這時，少女臉上忽然綻放笑容，小跑步衝上前。

女主教不知道該急忙追上去，還是抓住她的手，抑或兩者皆是，杵在原地。

妳聽見銀髮少女冷冷「噢」了聲，跟著她看過去。

「啊，找到了……！真是的，不是跟妳說過不能亂跑嗎!?」

嚴厲的聲音蓋過少女沮喪的道歉聲。

你見過那名女性。聽過那個聲音。與少女有幾分相似。她就是少女的姊姊吧。

女性甩著頭髮轉過頭時，你認出了她。

稍顯豐滿的胸部被便衣包覆住，因此你沒有一眼看出來。

近衛騎士──平常都是在迷宮入口見面的她，也發現你們了。

「嗨。」

她對你和女主教展露笑容，看見金剛石騎士跟銀髮斥候，卻不知為何神情僵硬。

「呃、呃。你好，那個，我妹好像給各位添了麻煩……」

「無妨。」金剛石騎士以有模有樣的動作揮手說道。「這是冒險者該做的。」

被搶走臺詞的你只得苦笑，這個看起來像在不知所措的反應，卻和近衛騎士如出一轍。

你們面面相覷，對彼此微笑，近衛騎士的緊張似乎因此緩解了些。

「不好意思，還要麻煩各位照顧她。來，跟人家說謝謝。」

「謝謝！」

少女以誇張的動作彬彬有禮地一鞠躬。

你叫她們不用客氣，接著坦承自己並沒有馬上發現是她的妹妹。

「意外嗎？」

近衛騎士發出輕快的笑聲，淘氣地對你拋媚眼。

「姊姊也會有不用執勤的時候嘛。」

的確。

即使世界的危機——恐怕是——當前，這個道理依然不會改變。

連與家人共度的時間都沒有，算什麼世界和平。

近衛騎士和她的妹妹又對你們行了一禮，牽著手走向人潮。

你們看著那對姊妹，直到她們消失在人群中。

「……太好了。」

女主教輕聲說道，然後吁出一口氣。

「可以在那孩子害怕我之前，把事情解決。」

嗯。你無法理解這句話的意思，女主教一副難以啟齒的樣子，支吾其詞。

「那個，你看，我……身上不是很多傷嗎？」

語畢，她露出複雜的微笑微微歪頭，表情像在討好人。

你對此一笑置之。何必在意那些不三不四的人說的話。

反正相貌再端正，都會有人找到一點小傷就反應激動。

他們只是覺得好玩罷了，一直放在心上哪撐得下去。

「是嗎……啊，不是，你這麼說我很高興。」

然而，這對女主教而言，似乎沒有太大的安慰效果。

該如何是好……再怎麼思考，不太關心美醜的你也講不出什麼話。

她擁有纖細卻美麗，平坦卻工整的身體曲線，除此以外的部分，你從未放在心上。

這件事果然該交給女戰士，或者堂姊吧——雖然你很不甘願。由你開口的話，可能會幫倒忙。

「……哦。」

銀髮少女抬頭盯著你和她說話，拉扯金剛石騎士的袖子。

「欸，走吧。不是要去剛才那家攤販買劍嗎？」

「嗯，那無疑是把名劍。雖然不適合我用，對於提升團隊(Party)戰力來說是必要的。」

金剛石騎士一本正經地點頭。對了，他的團隊(Party)還有其他戰士。

你叫他快點找到地下五樓，否則你無法徹底死心。

金剛石騎士聽了，擺出一副高傲的態度哈哈大笑。

「是啊。坐以待斃也改變不了什麼。」

彼此都加油吧。你點頭，金剛石騎士也對你點頭。

最後，你們又看了姊妹倆走向的城塞都市的人潮一眼。

商人、冒險者、難民在那裡各自尋求每天的糧食及樂趣，熱鬧非凡。

一陣風吹過。交易神帶來的清風。

「果然得守護世界。」

你什麼都沒說。

因為用不著多說。

§

「……還是大一點比較好嗎？雖然我並不覺得自己有那麼小……」

你還在納悶她怎麼突然講這個，原來是指體型。

剛才那位近衛兵，換上便衣後才看得出來，她的體格果然是個穿鎧甲揮劍之人。

僧侶偶爾也會擔任前衛，女主教應該也很在意吧。

先不說堂姊，她好像以前就跟在前線戰鬥的女戰士有交流，自然免不了會有這種想法。

你的師父經常說體格不是一切……不過無論跟她講什麼，都會造成反效果吧。

這種事回旅館問大家不就得了？

「說得也是。就這麼辦！」

女主教用力點頭，擺動手臂給你看，彷彿在揮舞看不見的法杖。

——實在是。

她好像沒發現你在忍笑，腳步輕盈。

不對，這麼說來，你的雙腿、肩膀也變得輕盈到跟出門前截然不同。

照理說該跟她道謝——但太過客套好像有點奇怪。

你想起在酒館等你們的團隊（Party）成員，嘴角微微揚起。

挑戰、戰鬥、開闢道路，跟至今以來該做的事並無二異。

僅僅因為稍微看不見前方就驚慌失措。

——真是太不成熟了。

你和女主教一同漫步走在暮色將近的城塞都市街道上。

跟她聊著無關緊要的話題，聊今天逛街的經歷，聊迷路的少女。

僅此而已，你卻有種積在體內的煩悶情緒得到排解的感覺。

到頭來，人心或許就是如此。

幫朋友買東西。幫迷路的少女找到家人。

微不足道的小冒險帶來的成就感，幫助你前進了一些。

——再說。

你突然想到那個答案，以十分自以為的語氣斷言。

若萬惡的根源不在這座迷宮，只要繼續冒險，找到那傢伙不就得了？

若地下四樓就是盡頭，那正好。攻略迷宮，前往下一個目標。就這麼簡單。

以為能從你們手下逃離，未免太不自量力。真的。

「哎呀……」

聽你大放厥詞，女主教愣了下，接著用手掩著嘴角，笑出聲來。

銀鈴般的笑聲，聽起來真的是發自內心感到愉快。

「說得也是。既然這樣，在找到『死』的源頭前，我會——」

女主教拭去眼角的淚水，而她的下一句話是什麼，你無從得知。

「————！」

突然有人呼喚她的名字。

「啊……」

聽見那親切的語氣，女主教茫然杵在原地。彷彿遇見死者。

你回過頭，映入眼簾的是——和女主教相貌極為相似地少女。

同樣身穿僧服。身體卻勾勒出女主教所沒有的美麗稜線，表情嬌豔如一朵鮮花。

更重要的是，她眼中有光。沒嘗過痛苦的滋味，星辰般的光輝。

女主教的聲音十分微弱，有如覺得自己講什麼話都會挨罵的孩童。

「呃，那個……」

「你們平安無事呀…………太好了……」

她最後說出的話語，參雜著像在諂媚人的溫柔，以及平靜的真心。

「啊哈哈哈，這還用說，當然沒事啊！我怎麼可能迷路。」

少女則發出尖銳的笑聲，得意地從行囊裡拿出地圖。

攤開來的地圖，光這樣看都看得出精密又清楚。

比不上就你所知技術最為優異的蟲人僧侶，不過……

——程度有差。

少女用戴著閃亮戒指的手晃了下地圖，迅速折好收進行囊。

「妳過得如何？有沒有在街上迷路？妳不是很努力在記路嗎？」

「是、是的……那個，還可以……」

「如果是第一次來的地方，妳一下就會迷路。非得有人跟著才行。」

少女毫不在意女主教斷斷續續的應和聲，滔滔不絕。

你看她完全沒把你放在眼裡，趁機觀察她的動作及態度。

講難聽一點是沒禮貌，講好聽一點是表裡如一，大概是這樣的一名少女。

儘管如此，她並不是完全沒關心她，這一點你也看得出來。

說起來，不擔心她的話，就不會跟著她走避免她迷路。

肯定只是容易招人誤會——雖然或許連這個想法都是誤會。

因為基本上，不可能初次見面就瞭解一個人的為人。

「啊，旁邊那位是跟妳同團隊（Party）的……不可能對吧。因為我們叫妳在酒館等。」

然而，你還沒回話，她就擅自下達結論。

「喂——！」

少女像在跳舞似地轉向後方，呼喚後面的人。

你悄悄觀察女主教，她低著頭，身體十分僵硬。

你不清楚她之前經歷過什麼事，不過剛才開朗的笑容，如今蕩然無存。

她獨自在酒館鑑定的時候，狀況或許還比較好。

——唔。

你只是吐出一口氣罷了，女主教就如同被針刺似地肩膀一顫。

你苦笑，輕聲告訴她你沒打算做什麼。

這麼一句話當然不可能讓她放下心，女主教卻微微點頭。

「——噢！太好了！我們正準備去酒館！」

不久後。

一名眉清目秀的年輕武者，颯爽出現在你——不，是女主教面前。

身穿帶有刮痕的鎧甲的模樣，證明他並非新手，而是熟練的冒險者。

腰間掛著收納彎刀的紅色刀鞘，用戴戒指的手緊緊握住。

牢牢綁在頭上的護額下方，是安心的表情，毫不掩飾自己急促的呼吸。

「我們來接妳了！走吧，一起去冒險！」

——他露出燦爛的笑容，開口說道。

§

「什麼啊，太自作主張了吧？」

「哎呀，在人家眼中反而是我們自作主張，沒辦法。」

「對於你的態度，姊姊有很多意見……！」

「算了，你就是這種個性。」呵呵。微笑的聲音。「嗯，我早就知道了。」

「所以，要怎麼做？」

喀嚓。嘴巴的敲擊聲。

「哎……我都可以。」

聽見年輕戰士這句話，女主教一臉茫然。

——正常的反應。

§

在這座城塞都市，在那座可怕的地下迷宮，冒險者下落不明代表的意思。

意即失去他們這個團隊（Party）了。

在迷宮中陷入絕境，就算要紮營等待救援也有極限。

考慮到女主教的個性，肯定是在祈禱他們生存的同時，又不得不放棄。

覺得即使他們倖存下來，自己也會被拋下，再自然不過。

大腦跟不上突如其來的事態，也是理所當然。

「唉唷，妳……不對，主教……」

戰士欲言又止了一瞬間，接著立刻改口，努力用明亮的語氣說道：

「修練很花時間，所以我們一直在訓練，直到戰鬥時能保護好妳。」

「怎麼會……我不知道……」

女主教抓緊胸口的衣服，聲音細若蚊鳴。

她所信奉的至高神的聖印於胸前搖晃，這個動作彷彿在向它求助。

你默默等待她擠出下一句話。戰士也沒有插嘴。

女主教終於用顫抖不已的微弱聲音，問出這個問題。

「……為什麼，沒來見我……？」

沒錯——這也是你最好奇的。

其他女性或許會知道，但你並不瞭解她的過去。

外人不該違背當事人的意願，對小鬼造成的傷痕追根究柢。

因此把她留在酒館自己先走，應該是這名年輕人為她著想的方式。

在這個狀況下，難道他沒想過被團隊（Party）留下，跑去當鑑定師的她，會受到什麼樣的待遇嗎？

莫非是故意置之不理——你不想往這個方向推測。

「因為我們認為待在酒館就安全了……」

和女主教相貌相似的僧侶，如同在辯解般垂下視線回答。

她的胸前掛著繫藍色緞帶的天秤劍聖印。她也侍奉於至高神嗎？

常聽見有人說，既然背負著律法的天秤，判斷善惡的就不是神，而是人。

——她大概也是覺得這樣對女主教比較好，經過一番煩惱才做出這個決定。

「而且雖說是為了鍛鍊，我們還奪走了不願奪走的生命……」

「懺悔完之前沒臉見妳……我們覺得這樣比較好。」

戰士接著補充，深深低下頭。

「真的對不起。」

性格十分活潑開朗的僧侶自不用說，誠懇地向女主教說明的戰士，臉上也沒有一絲陰霾。

是非對錯，你這個外人沒資格指指點點。

他們只是性格太過直率罷了。雖然其是非對錯，你也無法判斷。

「不、不過，怎麼會……我、我，我……」

——連女主教都無法判斷。這也是無可奈何。

她都說不出話了，在這個時候、這個瞬間才剛遇見這兩人的你，又能說些什麼？

你如此心想，一直默默聽著他們交談，但現在你有權插嘴。

至少你也是其中一位當事人。

先不論想不想要，你擁有那個權利。

當然，等待女主教答覆也無妨。

經過短暫的思考——

——照妳的意思做就行。

你簡短說道。

「咦…………？」

女主教回望你，帶著錯愕的——宛如被父母拋棄的孩子的表情。

以你個人的意見來說，以團隊(Party)頭目的意見來說，並不是對她的離開毫無感覺。

可是女主教又沒有希望你這麼做，你不該自以為是地大放厥詞。

沒錯，你是團隊(Party)的頭目(Leader)。

絕非女主教的監護人，也不是代言人。

既然如此，就該尊重女主教的決定。

因為這是她的人生，她的抉擇。

所以你又說了一遍「照妳的意思做就行」。

——無論做出什麼樣的選擇，她都不需要擔心。

因為你是團隊(Party)的頭目(Leader)，而她是你的同伴。

「照我的意思做…………」

女主教聞言，無精打采地垂下肩膀，低下頭。

沉默於你們之間蔓延。

「——」

年輕戰士正想開口說些什麼，女僧侶默默用手肘撞了他一下，讓他閉上嘴巴。

他痛得呻吟，她將手放在胸前的藍色緞帶上，得意地哼氣，等待朋友回答。

你壓低斗笠，以掩飾差點露出的微笑。

「……那個。」

過沒多久，微弱的聲音落在地面上。

「我，沒派上用場……嗎……？」

——女主教用顫抖著的聲音問你。

你立刻回答。沒這回事。

這還用說。你從來不覺得她沒用。

魔法、神蹟、繪製地圖、主教的鑑定權能、今天出門採購物資、幫同伴出主意。

全是她履行的重大職責。

至少身為一名後衛，她的任務絕不可能交給其他人。

「是嗎………」

聽你這麼說，女主教輕輕撫過眼帶的邊緣，擦拭眼角。

她張開顫抖著的雙脣，深深吸氣，將空氣吸滿平坦的胸膛。

然後一口氣說完這句話。

「對不起——我要跟這個人一起走。」

她帶著神清氣爽的表情，站到你旁邊。

「咦咦——!?不會吧，真不敢相信！」

聽見女主教的答覆，最先有反應的是相貌跟她相似的僧侶。

語氣雖然像在譴責她，從她的表情來看，更多的應該是驚訝。

這個人想必很容易招人誤解——你腦中浮現失禮的想法。

「……對不起。不過，我——想靠自己的力量嘗試看看。所以……」

「這樣好嗎？真的？……這個人沒問題嗎？」

這個人想必很容易招人誤解——你有種扔出去的飛棍(Boomerang)飛回來砸中自己的感覺。

少女用懷疑的目光瞪著的不是別人，正是你。

憑藉花言巧語，將在酒館幫人鑑定、不諳世事的少女拉進團隊(Party)的可疑男子。

你開不了口罵對方沒禮貌，重新壓低斗笠。

「……別這樣。」

佩帶紅色彎刀的戰士，苦笑著代為說出你的心情。

「可是……」

僧侶少女噘起嘴巴，但她不滿歸不滿，卻無法反駁。

「對初次見面的人很失禮。」

「……知道了啦。」

戰士對失落地閉上嘴巴的少女點頭，面向女主教。

他神情僵硬。不過比起緊張或憤怒，更像是因為不曉得該做出什麼樣的表情。

不久後，他選擇的是平靜的笑容。

「知道了。加油……我會為妳打氣。但我們是朋友，有事要來找我們喔。」

「——好的！謝謝你們……！」

女主教將天秤劍抱在平坦的胸部前，點了好幾下頭。

戰士因那像小鳥又像小狗的動作瞇細眼睛，然後靜靜望向你。

「那個，你是跟她同團隊（Party）的人……對吧？那個，我為我的夥伴跟你道歉。」

你笑著揮手叫他別放在心上。既然是出於對她的關心，你並不打算追究。

反而覺得自己搶走了優秀的主教，對他們感到抱歉。

「她真的是個優秀的主教。」

青年聞言，像自己受到稱讚一樣高興地呢喃。

「她就請你多多照顧了。那個，因為她是我寶貴的朋友。」

「要是你敢讓她受傷，我絕不原諒你!!」

少女接在年輕人後面，高聲向你宣言。

你點頭回答「那當然」。這還用說。

迷宮是危險的地方，所以你無法保證，但你願意拿出綿薄之力。

——與此同時，你發自內心鬆了口氣。

儘管你剛才裝模作樣說了那種話，要是她離開，你還真不知道該如何是好。

她決定留下，你也放心了，看來可以無後顧之憂地繼續探索。

你本來還非常擔心，這樣事情就告一段落——

§

「——不行！我不同意！！！！」

§

看來沒那麼簡單。

「我不准妳去其他人那邊!!」

一名年輕女孩——說年輕，其實跟女主教差不多——紅著臉大叫。

瞧她輕快地跑向這邊，推測是斥候。

雖然是凡人（Hume），跟你團隊（Party）裡的半森人斥候比起來，動作毫不遜色。

她的服裝及晒黑的肌膚，你也有點印象。是東方沙漠出身的人嗎？

少女身材偏瘦，胸部平坦，皮甲沒有厚度。同樣戴著戒指。

「那個，對不起，我——」

「——不要！因為，我們不是朋友嗎！」

問題在於她的反應。

若剛才那位僧侶的態度，是因為性格直率容易招人誤會，少女就是太過直接了。

狠狠瞪著你的銳利目光，儼然是在迷宮遇見的那群小混混。

總而言之，宛如一把堅硬的刀刃。不是要溝通，而是要刺人。

你只得嘆氣。

既然是女主教過去的友人、這兩位戰士的同伴，自然不會是壞人。

當然，她應該也沒有惡意——嗎？

「別這樣。這麼激動只會給大家帶來困擾。」

冷靜至極的聲音傳來，彷彿要代為說出你的心情。

轉頭一看，一名黑髮青年——同樣穿著戰士裝備的年輕人，追在沙賊少女後面出現。

他大概也是女主教以前——沒錯，以前的同伴。

你聽見站在你身旁的她，小聲呼喚黑髮戰士的名字。

「可是，因為，不過……！」

「妳這樣不停吼來吼去，其他人要怎麼開口？」

黑髮青年安撫著沙賊少女，手上也戴著戒指。

他雖然表現得冷靜沉著，看著你的眼神卻顯然不能接受。

你不禁苦笑。

你很高興女主教如此被人重視，但要跟他們說明事情緣由，可能得費一番工夫。

你當然不會省這個工夫。

你不會干涉女主教的決定，不過她既然已經做出決定，支持她就是頭目（Leader）的職責。

可是……你仔細觀察這個團隊（Party）。

佩帶紅色彎刀的戰士、和女主教相貌相似的女僧侶、沙賊少女、黑髮的第二名戰士。

這四個人……有點不適合探索。

好吧，也不是每個團隊（Party）都能組成理想的陣容——

「怎麼可以講這種話呢……」

黑影般的模糊聲音幽幽傳來，回答你的疑惑。

最後一人。

這樣就五個人——原來如此，他們的團隊全員到齊了。

「——」

女主教困惑地用眼帶底下的雙眼看向那邊。

是個奇裝異服的冒險者。

你會覺得他的聲音有如黑影很正常，他的確打扮得跟影子一樣。

一身黑的男人。

若要形容那名人物，一言以蔽之就是如此。

頭戴黑色斗笠，全身用黑色外套覆蓋住。

稍微露出的肌膚不帶血色，兩眼像鬼火似地燃燒著火光。

他的聲音卻像拂過草原的夜風……十分平靜。

像影子。然而，若要用影子形容——這個人又散發出一股異常的壓力。

「老師！」沙賊少女興奮地說。

「老師也幫忙講幾句話嘛！她怎麼這麼任性！」

說人家任性嗎？你苦笑，旁邊的女主教納悶地嘀咕了句「老師」。

「請問……您是？」

「噢，對。妳還沒見過他。」

回答的是佩帶紅色彎刀的戰士。

他面帶笑容，展開雙臂，彷彿在介紹尊敬的人物——並非「彷彿」就是了。

「跟妳介紹一下，這位是協助我們鍛鍊的魔法師老師。」

「兩位好……」

老師——黑斗笠男子雙手合十，神情恍惚地低頭行禮。

——你也雙手合十跟他問好，彼此報上姓名。打招呼很重要。

可是——魔法師……魔法師？

以一個魔法師來說，他的氣質有點過於駭人，不過……

——很強。

步伐、眼睛的動作，乃至手指細微的動作，一舉手一投足都毫無破綻。

視野沒有死角，攻擊他的話，八成會被輕易閃開。

明顯是高階冒險者。

究竟要去過幾次地底，經歷幾場戰鬥，才能達到這個等級？

你一眼看出這個人所在的領域，是你無法想像的。

「哎呀，可怕喔，可怕喔……」

摸著下巴說話的動作，像在跟人談天說笑。

沒把你當一回事——不對。

對方也是在估量你的力量後，才判斷不成問題吧。

「現在做決定，也只會留下遺恨。」

——說得對。

你小心翼翼，謹慎戒備，回答時卻沒有讓他察覺到。

女主教的意向很明白，但對方也不是所有人都接受。

在迷宮中雖然鮮少遇到其他團隊（Party），在留下遺恨的情況下探索，實在很難讓人安心。

不是因為怕被對方偷襲，這種失禮的想法。

首先，你們無疑會因為這件事留下的疙瘩，動作變得遲鈍。

在迷宮裡惦記著其他事，只會招致「死」。

「我有個主意。要不要比一場？」

——……比一場？

你沒有疏於戒備，手放在腰間的刀上，擺好架勢回問。

現在過一招的意思嗎？還是其他？

不用看你都感覺得到，女主教不知所措地握好天秤劍。

她正逐漸變成經驗豐富的冒險者。但願你也是。

「哎呀，沒那麼可怕……噢，不過剛才的氣氛本來就很可怕。」

黑斗笠男子緩緩揮手，露出牙齒笑了。

「我們正好也在探索四樓。你們也是吧?」

對。你慢慢點頭。

「——要不要比誰能先找到通往地下五樓的方法?」

這……

該說什麼呢?不對,你沒打算拒絕,但還是有點猶豫。

再說,不久前你都還在懷疑,通往地下五樓的方法是否真的存在。

眼前這名男子,卻一副確信那確實存在的態度。

「我沒意見!」沙賊少女率先回答。「我要證明我們比較厲害!」

「問、問題不在優劣……」

女主教搖頭拚命解釋。

「我只是,那個……想在這個團隊(Party)……呃……」

「對啊,老師。」

聽見女主教的想法,僧侶少女——儘管語氣有點不滿——困惑地說。

「她都說要離開了耶?有什麼辦法。」

「那是她的心情吧?」

黑斗笠男子平靜卻果斷地說。

是魔法師常有的語氣——你忽然心想。男子似乎發現了,加深臉上的笑意。

「你們自己是怎麼想的…………這也很重要。」

「──我，我……我……」

喀。這時傳來一聲摩擦聲。

低頭一看，年輕戰士戴著戒指的手，握住腰間的紅色刀鞘。

是刀鞘因他的握力而發出悲鳴嗎──搞不好是刀鞘內的刀子在鳴叫。

「來比賽吧……！」

他直直瞪向你，擠出一口氣。

「我也想確認，能不能把朋友交給你……！」

──？

你瞬間覺得不太對勁，下意識後退半步。

立刻轉為向你宣戰的年輕人，表情和前一刻的平靜截然不同。

好吧，人類的情緒或許就是這麼善變……

「哎呀，年輕人血氣方剛嘛。」

黑斗笠男子低聲笑著回答你的疑惑。

一副這句話就能說明一切的態度。

「不過，做個了斷總是比較好吧？冒險者起內訌，只會著了迷宮之主的道。」

黑斗笠男子仍帶著恍惚的笑容。是這樣沒錯。可是，但是。

應該要尊重女主教的意願吧？你正準備開口——

「——還是，你該不會要說自己沒信心？」

…………不，沒這回事。你否認。

他這樣說，害你無法拒絕。

不久前還盤踞在心中的不安，已經排解得一乾二淨。

無論障礙為何，無論阻礙為何，都要突破、跨越它。

其他枝微末節的小事通通不重要。有人想笑就給他們笑吧。

「只是場小比賽而已。小比賽。」

黑斗笠男子看出你的決心，最後將那雙厚實冰冷的手放到你肩上。

這個動作友善、親切得像在對待多年來的友人。

「不管是贏是輸，都不會怎麼樣……我們走吧。」

「是，老師……！」

年輕戰士的團隊(Party)立刻回答，儼然是對待師父的徒弟，跟隨黑斗笠男子一同離去。

一個接一個，消失在被夕陽染成暗紅色的街道盡頭。

你瞪著那群人的背影，直到他們消失在視線範圍內，然後——把手放在輕易被碰到的肩膀上。

「那個……還好嗎？」

擔憂的聲音從肩膀下方不遠處傳來，聽起來戰戰兢兢的。

你深深吐氣，對女主教點頭，然後開口回答。

感覺到全身冒出黏膩的冷汗，衣服貼在身上。

神祕的人。無疑是強大……恐怖的對手。

佩帶紅色彎刀的戰士——以及那名黑斗笠魔法師。

你將他們的身影趕往嘈雜的人潮，握緊拳頭。

——這張戰帖，不得不收下。

「那個……對不起。都是我害的……」

女主教怯生生地用細若蚊鳴的聲音道歉，慌張得連旁人都會心生憐憫。

她垂下頭縮起身子，讓人想到以前在酒館當鑑定師的模樣。

這名心地善良的少女，該有多麼良心不安啊。就算是你也能輕易想像。

你笑著叫她不用那麼擔心。更重要的是，你才該道歉。

本想尊重她的意向，結果卻不小心擅自同意比賽。

「可是……」

放心，到頭來跟平常一樣，繼續探索即可。

你極其乾脆地對還想解釋的她下達結論。

「………好的。」

或許是在顧慮你的感受，但她還是笑了。

雖然是彷彿會融化於暮色中的虛幻笑容。

沒錯，要做的事跟之前一樣。

攻略迷宮。打倒怪物。跟夥伴一起挑戰「死」。毫無變化。

你必須讓探索成功，也算是為了她……

可是，連這都跟平常要做的一樣。

思及此，你突然發現一件事，哈哈大笑。

「……？」

女主教納悶地看著你，你揮手叫她別在意，用動作表示沒什麼。

沒什麼大不了。用不著明言。

你會習慣反而很正常。

畢竟為了保護她對冒險者拔劍，這是第二次。

跟第一次在酒館的時候比起來，你的應對方式冷靜了許多。

這樣看來，沒錯。

自己確實有在前進……

§

「哦，發生了這種事呀……」

女戰士興致缺缺地說，舔了下嘴脣。

隔天。你在通往迷宮的路途上，跟眾人說明昨天的事件。

「我就想說你們怎麼回來得那麼晚……」

很遺憾，事發過後，你和女主教都累得沒力氣回酒館向大家說明。

不過跟睡在馬廄的你們不同，女性組應該在臥室多少聽到了一些。

「我還以為你們肯定是一起去散步了！」

這個**再從姊**另當別論。

——話說回來，這個決定會不會下得太快了？

「唉唷，老大也振作起來了，皆大歡喜啦，皆大歡喜。」

半森人斥候以明亮的聲音回答你的疑惑，好讓愧疚的女主教也聽得見。

「不管怎樣，咱們都決定要進到迷宮最深處，沒啥好介意的。」

「但訓練不足只會白白送命。況且地下五樓未必存在。」

喀嚓。蟲人僧侶敲響嘴巴，發出跟平常一樣的尖銳聲音。

是沒錯。神奇的是，那些人對此毫不懷疑。

「哎，我都可以……有發現什麼改善點嗎？」

「姊姊希望弟弟再對女生貼心一點。」

可惡的**再從姊**。不是在講那個。

「他變貼心也只會讓人傷腦筋。」

嘖。連女戰士都露出貓一般的奸笑加入話題。

你故意嘆氣給他們看，偷偷望向女主教。

「……呵呵。」

眾人一如往常的對話，使她揚起嘴角輕笑著。

出乎意料，她並未陷入消沉。

你推測——女性組果然在臥室聊過了。

而且斥候跟蟲人僧侶，也對這場迷宮探險競技沒意見。

你忽然想感謝交易神，讓你擁有一群好夥伴。

——這次的探索結束後，去寺院參拜一次吧。

「可是，那個魔法師……令人在意。從你的描述聽來，等級似乎也相當高……妳認識嗎？」

「不認識。」

被蟲人僧侶問到的女戰士搖搖頭。

「我不常聽到魔法師的情報嘛。而且我想說也沒必要找了。」

唔。你低聲沉吟。

在你的團隊中身為前輩的兩位冒險者，都沒聽過他的存在，真不可思議。

雖說城塞都市的冒險者，流動率本來就很高……

明明「幫助別人鍛鍊的高強魔法師」，理應要有一定的討論度。

「對了，關於那個團隊，有沒有辦法打聽到什麼？」

「嗯，喔。咱也有……趁冒險的空檔稍微打聽一下消息。」

半森人斥候雙臂環胸，回答堂姊。

「可是隨處可見的團隊，一下就被其他話題淹沒了，更何況鍛鍊都是關在迷宮裡面吧？」

你同意。至少若對他們所說的話照單全收，是這樣沒錯。

「難怪半點線索都沒有。有能力抵達地下四樓的團隊不多哩……」

說得也對。他並沒有偷懶。

然而，這一點的確令人好奇。

就算有上級冒險者陪同，那個團隊跟你們進度一樣，值得驚訝。

跟聚集在城塞都市的眾多冒險者不同，你們沒有特地去賺錢，而是專注在探索上。

雖說立於最前線的是金剛石騎士的團隊（Party），你們也並未落後，原因就在於此。

迷宮裡怎麼可能有適合鍛鍊的地方……

「算了，想不通的事就是想不通。」

堂姊斬釘截鐵地說，彷彿要驅散你的迷惘。

「就跟平常一樣，繼續探索地下四樓吧！」

「沒錯！咱們要做的事沒變！」

嗯。

你用力點頭，抬頭仰望聳立於面前的迷宮入口。

首先檢查刀柄上的釘子，鎧甲也仔細檢查。

其他夥伴也同樣開始查看裝備，身為頭目（Leader）的你又親眼再幫眾人重新看過一遍。

掌握所有人的狀況，互相檢查，最後由頭目（Leader）確認，能帶來安心。

「啊，藥水……怎麼辦？」

「我不要帶那種會打破的東西。」

女主教急忙從行囊裡取出藥水，女戰士板著臉甩了下手。

那的確不是該由前衛帶的東西。

至於兩位僧侶，考慮到緊急情況——希望不要發生——時，他們得上前作戰……

「由我帶對吧！」

堂姊笑咪咪地舉手。嗯，就是妳了。

她從女主教手中接過藥水，緊緊抱在豐滿的胸部前。

「沒問題，交給姊姊吧！」

如果這樣**再從姊**能鼓起幹勁，安分一點，那就太好了。

——那麼，終於要踏進迷宮。

站在入口旁邊的近衛兵——熟識的她看見你們，優雅地一鞠躬。

「昨天謝謝你們。」

是在為幫助了她的妹妹一事道謝吧。你表示這不算什麼，近衛兵接著說：

「什麼叫不算什麼。要平安回來喔。萬一你們死了，我可不想跟那孩子說明。」

你笑了，踩著輕盈的步伐，踏進只看得見輪廓線的黑暗迷宮。

女戰士在你旁邊發出銀鈴般的笑聲。

「要做的事都一樣呢。」

的確。

到頭來，不管別人怎麼說，你該做的事都沒有改變。

§

地下一樓、二樓、三樓。

避開暗黑領域(Dark Zone)，通過那群小混混的巢穴，穿越充滿陷阱的長廊……

你們穩穩地沿著走過好幾次的路線前進。

奪走眾多冒險者性命的迷宮、怪物，對現在的你們而言也只是經過的通道。

只要進入墓室前多加留意，徘徊的怪物並沒有那麼可怕。

過沒多久，你們抵達繩梯前面，慎重地來到地下四樓。

「今天要怎麼行動呢……？」

呼。女主教踩到地面上，吁出一口氣，攤開地圖詢問。

先繞地下四樓一圈吧。

你想了一下後回答。搞不好有暗門之類的，應該要整個調查過。

「意思是，由咱到處檢查就行囉。」

「咦咦……？好累，不要啦……」

兩名前衛的反應截然不同。

雖然女戰士垂著形狀姣好的眉毛抱怨的模樣，你也已經看習慣了。

無論如何，這樣還找不到路的話，只能從地下一樓重新探索一遍。

希望能在這層樓找到路——這是全員的共識吧。

因此，你們毫不猶豫走進一間間墓室。走進倒下來的門後。

你瞪著一片昏暗，冰冷得令人毛骨悚然，什麼味道都沒有的空間。

——沒有味道？

真的是這樣嗎？

為了確認那股微弱的異樣感是什麼，你微微抽動鼻子。

甜味。

淡淡的甜味，類似花香，或是香水的味道……

「——要來了！」

蟲人僧侶晃動觸角大喊。眾人立刻拿起武器，進入備戰狀態，你也拔出彎刀。

黑暗蠢動，從深處——不。

黑暗(Shade)本身襲向你們。

「什麼……!?」半森人斥候發出十分驚訝的聲音。「——這啥東西!?」

你也難掩困惑。這——是完全摸不透的存在！

彷彿要纏上全身的動作，讓人想到之前遇過的氣體(Gas Cloud)，然而……

——沒有砍中的感覺……！

刀刃如字面上的意義揮了空，揮刀聲像一陣輕笑搔弄雙耳。

瀰漫於空中的香氣異常甜膩，使人跟喝了酒一樣昏昏沉沉。

「啊……嗯!?」

十分尖銳的聲音從旁傳來。是女戰士。

往旁邊一看，她抓著長槍，兩腿無力，站都站不住。

她眼泛水光，臉頰紅得在黑暗的迷宮中都看得出來。呼吸急促。

每當黑暗蠢動，鎧甲底下的身體都會像在抽搐般抖動著，痛苦掙扎。

可是，你也沒有多餘的心力關心她。

一開口黑暗就迅速竄入，連內臟都有受到刺激的感覺。

而那——並不會令人不快，這才是最恐怖的。

和與發自內心深愛的女性接吻時一樣，連窒息感都覺得舒適。

——力量在流失……！

不，是**被吸走了**。你不知為何如此確信。

你勉強將力量集中於腿上，站穩腳步，咬緊牙關，彷彿要把牙齒咬碎。

暴露在鑽進鎧甲底下的瘴氣那如同愛撫的觸感下，拚命忍耐。

跟打瞌睡的感覺類似，常有種意識正在朝深淵墜落的飄浮感。

鬆懈的瞬間，意識的空白突然襲來。

掉下去就會睡著。掉下去就能輕鬆了。不過——恐怕再也回不來。

「老大，情況……不妙！不集中精神，會死人……！」

「唔，嗚……！啊、啊啊啊啊……！」

斥候的警告，以及女戰士像在哭泣般嚎叫著揮舞長槍的聲音，如今都顯得遙不可及。

她如同鬧脾氣的小孩，不停揮動長槍，仍然——只有砍中黑暗。

你覺得自己好像講出了類似「我知道」、「冷靜點」之類的話。

女人的身影於眼前閃現。

是一名紅髮如同烈火的女子，肌膚白皙，身上的嫩肉像果實一樣嬌豔欲滴。

背上有對看得見骨頭和皮的翅膀——定睛一看，那人便化為朦朧的影子煙消雲散。

女人隨著你每眨一次眼出現又消失，相貌變化多端，有時還會變成穿黑鎧甲的黑髮少女。

不曉得是黑暗煙霧製造的錯覺，還是襲擊你的怪物的真面目。

你突然一陣耳鳴。那同時也是喋喋不休的，女人們模糊不清的輕聲細語。

側耳傾聽可能聽得清，卻絕對沒有意義。你覺得自己快要溺斃，忍不住想張開嘴。

有人在後方大喊，你也已經聽不進去。

——糟糕。

「『我等繞行世界的風之神，尚請將我的心送往彼處，將他的心帶至此處』！」

不過，一陣風朝那個方向吹去，女人的慘叫聲緊接著響起。

黑暗發出尖銳的聲音，掙扎著退向後方，你大口喘氣。

「有趣……看來你們不懂我的心啊。這群該死的夢魔。」

蟲人僧侶敲擊嘴巴，結起詭異複雜的法印。

正是「鎮靜（Transfer Mental Power）」的神蹟。

從夢中悄聲逼近人類的欲望、內心的黑暗的夢魔（Succubus），也看不穿蟲人的心嗎？

魁梧的蟲人瞪著遠去的黑暗，搖晃觸角，不屑地說道。

「連展開聖域逮住他們都不必。站得起來嗎？」

「這還用說……！」

半森人斥候氣勢十足，你也簡短應聲。

你將手伸向癱坐在地的女戰士，她身體一顫，點了下頭。

「抱歉。我沒事……！」

她拭去汗水及淚水，以長槍及你的手為支撐站起來。這樣就行了。

你先是拿起彎刀，調整呼吸。瞪向黑暗，雙腿站開。

聽說夢魔存在於幽世，沒有實體。因此在夢幻之中令人生畏。

——不過，看清他們的真面目了。

既然已經知道對手是誰，只要集中精神維持清醒，精氣就不會那麼容易被吸走。

同時，你的刀刃也無法對他們造成傷害，既然如此，決定性的關鍵就是——法術。

「交給我們吧！我們上！」

「是！……我會加油……！」

你果斷下達指示，兩位少女神情嚴肅，充滿幹勁地回答。黑暗在同一時間咆哮。

「SUCCCCUUUUUUUUUUBBBB！！！！」

那是不明的奇怪咒文，搞不好是魔界的語言。

地獄的閃光（Spark）盤踞於迷宮，恐怕是「閃電」的一擊。

——不過，在你們挺身抵禦攻擊的期間凝聚好原力（Force）的她們，快了一回合。

「『瑪格那（魔法）』……『雷莫拉（妨礙）』……『列斯丁基圖爾（消失）』!!」

「『司掌審判、執劍之君，天秤之人呀，顯現萬般神力』……！」

堂姊朗誦咒文的嘹亮聲音，將魔力消除得一乾二淨，女主教的話語接著於空中寫下法則。

此乃由遙遠的天際降下的神鳴一擊。直達幽深迷宮底部的神之威光。

從女主教指向前方的天秤劍射出的──「聖擊（Holy Smite）」。

「────────！？！？！？！？」

受到神明制裁的夢魔，發出不屬於這個世界的生物的慘叫，痛苦不堪。

你第一次看到黑暗掙扎著在空中扭動身軀，於地上翻滾的模樣。

異界的非物質存在的血肉（Ectoplasm）燒得焦黑，瞬間燃燒起來。

「再怎麼用甜言蜜語傾訴愛意，故作可憐地哭喊、求饒，都是沒用的。」

炙熱的白光照亮女主教的臉龐，表情寒冷如冰，清澈如水。

「魔神、夢魔、吸血鬼就是那樣的生物……僅僅是鳴叫聲。」

即使真的有在懺悔，依舊得為自己犯下的罪過受罰。無法改變。

藏身於黑暗中生存之物亦然，既然想盡快成為人類，就無法逃避這個事實。

因為眾神將善惡全權委託給人類判斷。

「──和小鬼一樣。」

她最後從口中擠出的這句喃喃自語，你決定當沒聽見。

而且，那句話參雜於空中迴響的雷龍低吼中，很快就被蓋過去了。

§

大氣燒焦的刺鼻氣味，宣告戰鬥結束。

墓室中的黑暗痕跡，除此之外一個都不留，只剩下站在原地的你們——不。

「……哎呀，沒想到……」

只剩下擦著冷汗的半森人斥候走向的寶箱。

你聽著他用鐵絲開鎖的金屬聲，點頭附和。

那隻龍也是駭人的怪物，不過還算這個世界的生物。

夢魔——異界的存在出沒，極度不尋常。

「在迷宮最下層的，果然是魔神之王嗎？」

堂姊不悅地——真難得——皺眉，揮手驅散黑煙。

女主教困惑地緩緩搖頭。

「那不是謠言嗎？……就算這裡會噴出招致『死』的瘴氣。」

她的語氣比起否定，更像不敢相信。

關於這點，你也有同感——但你不得不接受事實。

若非和這個世界的外側相連接，不會冒出（POP）那種東西。

「說到謠言……我還聽過人稱大魔法師的存在。」

嗯嗯嗯——堂姊用手指抵著嘴脣，陷入沉思。

你沒有插嘴。別看她那樣，堂姊是個聰明人，在魔法方面比你懂得更多。

——雖然她的回答經常模稜兩可……

算了，不重要。你心不在焉地看著空中，望向女戰士。

你差點被吸走精氣。她說不定也只是乍看之下沒受傷。

——沒事吧？

「嗯，沒事……有點嚇到而已。」

她一瞬間露出茫然的表情，抖了一下，如此回答。

她頻頻眨眼，不停咕噥著「沒事，沒事」，用手掌擦臉。擦到臉都變紅了。

「對了，可以給我水嗎？我好渴。」

你點頭，把水袋扔給她。

潛入迷宮的期間，飢渴的感覺會變得模糊不清。一發現自己口渴，就該毫不猶豫補充水分。

咕嘟，咕嘟。你將視線從隨著喝水聲起伏的雪白喉嚨上移開。

「無論如何，可以確定這裡有東西。」

呼。堂姊將手放在豐滿的胸部前，結果還是得不出答案。

你回答，連接魔界和門也好，讓「死」溢出也罷，敵人絕不簡單。

「因為『轉移』是失傳已久的法術嘛。姊姊也還搞不太清楚。」

理論我是明白啦。你對碎碎念道的再從姊隨口扔出一句「是嗎」。

可是既然魔神真的出現，之後搞不好會需要她們提過的那個魔界之核的力量。

「魔界之核……」

疑似在想事情的女主教輕聲呢喃，表情十分嚴肅。

你甩手說道「開玩笑的」，向她要地圖，以轉移話題。

「啊，好的！在這裡……！」

女主教連忙點頭，從行囊裡拿出折好的羊皮紙跑過來。

在斥候跟寶箱奮鬥的期間，需要戒備周遭和休息，同時也得制定行動方針。

你看了女戰士一眼，她拿起槍表示理解，靠在寶箱旁邊的牆壁上。

你接著感謝蟲人僧侶方才施展的神蹟，請他檢查地圖。

「不必謝。」他回答，從你旁邊探頭觀察地圖。「如何？」

「四樓果然沒有門的樣子……」

你、女主教、蟲人僧侶三人一同查看攤開來的地圖。

女主教的地圖、你們的記憶，尤其是蟲人僧侶的觀察，三者相互對照，還是沒有差異。

──不過，明顯有空白之處。

大約四分之一，或者更多。和其他三層樓比起來，四樓形狀是扭曲的。

「是的。」女主教點頭。「當然，不一定每層樓都是工整的正方形。」

「前面三樓都是。我們以為這層樓也一樣，上了敵人的當，應該不會有錯。」

蟲人僧侶用他銳利的手指，輕敲尚未填滿的四樓的空白處。

「既然如此，可以推測有前往這個地方的手段，也有從這個地方下去的手段。」

──上一層樓嗎？

「或許是。或許不是。」蟲人僧侶敲了下嘴。「我都可以。」

……不，只有這個可能。

你想了一下，得出結論。地下三樓、二樓、一樓。果然得去確認。

至少遠比因為看不見前方的路而厭倦，鬱鬱寡歡來得好。

光是有目標，一切都不一樣了──從這方面來說，也得感謝他們。

「咦？噢……」

女主教因你的發言面露疑惑，露出有點僵硬，卻帶有喜悅之情的笑容。

「……嗯，說得對。」

我們又不是互相憎恨。放輕鬆點。

說不定幾年後，可以拿這則冒險故事配酒喝。

「好，打開哩！」

——噢。

你折好地圖，還給女主教，快步走向寶箱。

彎刀，彎刀，有沒有彎刀？沒有就算了。你都可以。

「喂。」

你假裝沒聽見蟲人僧侶在後面說話，觀察斥候手邊的東西。

跟平常一樣堆積如山的金幣，以及好幾把看似武器的東西。

「哎，如你所見。武器要回上面找人鑑定了。」

更重要的是。

「老大把那群夢魔看成什麼樣的女人？」

長槍的石突發出呼嘯聲襲來。斥候「唔喔!?」叫著向後跳。

「嘿。搞不好有陷阱，不能大意喔？」

黑髮黑鎧甲的女戰士笑咪咪地輕聲說道。斥候看著你。你點頭。

——嗯。對。沒錯。

先回樓上一趟吧。然後得尋找通往地下的路。

你連忙動身，夥伴們笑著跟在後面。

結果，今天也沒發現樓梯。然而……

你覺得，有這麼一天也無妨。

§

怪物的死、你們的生和財寶累積了數日。

——城塞都市的「黃金騎士亭」好像不分晝夜。

你斜眼看著臺上吆喝著扭動腰肢的舞女，戳著裝早餐的盤子。

扮成紅蛙與綠蛙的服裝固然滑稽，或許就是那種滑稽感，反而營造出猥褻又淫靡的氛圍。

勾勒出身體曲線的緊身衣物，在冒險歸來的冒險者之間似乎大受好評。

至少你對於可以在邊等同伴邊吃麥粥的期間保養眼睛並無不滿。

「哎呀。你看起來心情不錯嘛，我還以為你因為遇到瓶頸在不高興。」

這時，吹進室內的一陣風，捎來愉悅的笑聲。

一名女子以輕柔如風的動作竄到你旁邊，像隻貓一樣瞇細眼睛。

你瞄了她一眼，簡短回答「就慢慢來」，將麥粥送入口中。

「哎，沒陷入消沉就好。身為支持你的人，姊姊我也很高興喔。」

穿外套的女性——情報販子輕輕揮手叫來女侍。

「給我一杯檸檬水。錢算在這位小哥頭上。」

好吧，無妨。至少在喝那杯檸檬水的期間，她有話要跟你說。

而且你也有事想請教她。

「哦。」情報販子接過女侍送來的水杯，兩眼發光。「前往地底更深處的手段？」

你笑了。那不是你想問的事。你打算從一樓開始仔細重新搜過一遍。

不過，如果她願意跟你說，你很樂意聽。

「哼哼，這種貼心的部分得分很高喔。」

情報販子輕笑著享用檸檬水，對你使了個眼色。

「話雖如此，你其實也有頭緒吧？」

嗯。你點頭，開口。和情報販子異口同聲地說。

「——**暗黑領域**。」

如歌般脫口而出的，是位於地下一樓的「死」的影子。

連充斥迷宮的瘴氣都無法涉足的無光空間。真正意義上的暗黑。未攻略的區域。

沒有人踏進去還能回來。

以誘惑來說太過明顯，十之八九是煩人的陷阱。

至少對於為了賺錢而潛入迷宮的人來說，不會想主動靠近。

只要和怪物戰鬥，錢要多少有多少，用不著進入那種地方。

本來就有生命危險了。有必要刻意投身於「死」之中嗎？

「可——是。」女情報販子用甜美的聲音呢喃。「你不一樣對吧？」

是你們。你糾正。不只你一個人，團隊(Party)成員都是。

「真不錯……嗯，我喜歡。」

那還真是謝了。你冷冷回答。

這句稱讚應該是發自真心，你卻不好意思直接收下。

女子似乎很滿意你這樣的反應，以手撐頰咯咯笑著。

「那姊姊要給你獎勵。什麼都可以告訴你喔？」

——什麼都行嗎？

「對。什麼都行……」

要怎麼做？她的目光彷彿在試探你，你舀了一匙麥粥送入口中，以掩飾過去。

想知道的事很多。然而，也有不該問的事。

問什麼都可以。什麼都不問也無妨。或者大可選擇問題。

——**你是冒險者**。

聽說惡名昭彰的「死亡迷宮(Dungeon of the Dead)」的傳聞，來到這座城塞都市，以最深處為目標。

這樣的話，從頭到尾都拜託其他人——未免太不像樣了吧。

既然你自願選擇踏上這條路，前進方式自然也該照自己的意思選擇。

那麼……

「嗯？紅色彎刀的團隊（Party）？」

對。你點頭。該問的不是迷宮，不是她，而是這件事。

即使她的臉被外套遮住，你依然看得出女子睜大眼睛，意外地眨了好幾下眼。

哦。這樣呀。她開心地自言自語，靠到圓桌上。

「我沒聽過那群人。」

然後把頭歪向一邊，抬起視線看著你。

「但沒聽過才有問題吧？」

這還用說。

歸根究柢，以地下五樓為目標，站在探索最前線的團隊（Party），不可能沒沒無聞。

稱得上第一的是金剛石騎士，然後——這不是在自誇——是你們。

在這座城市，人們會跟談論天氣一樣，討論冒險者的傳聞。

你們救了其他的團隊（Party），和那群寒酸男交手，抵達地下四樓，是眾所皆知的事實。

——他們卻不同。

如果是有名的團隊（Party）從其他地方來到這座城市，還可以理解。

不過，他們之前一直是和女主教共同行動，換句話說，是力量跟你沒有太大差別的冒險者。

「他們卻**擁有跟你沒有太大差別的力量**。」

沒錯。就算他們早一步潛入迷宮，未免太異常了。

不是酸葡萄心理或嫉妒。只要耗費相應的時間，你們也能——不對。

你們也萬萬沒想到，自己竟然成長到能與龍交戰的地步，不是嗎？

「呼呼。」

女子恍惚地……像貓在撒嬌一樣笑出聲，將杯子拿到嘴邊。

「可是我知道他們是在哪裡鍛鍊的。」

情報販子喝著水，咕嘟咕嘟地品嘗滋味。

你忽然想起女戰士剛才喝酒的模樣，簡短回答「我不知道」。

是嗎？女子溼潤的嘴唇閃爍著誘人的光澤，點了下頭。

「不用想都知道吧？——是迷宮。」

她嗤之以鼻，彷彿在笑你問了傻問題。

你將湯匙裡的麥粥送入口中，咀嚼，吞下去後才面向她。

——必須跟她問清楚。

「說起來，傳說中的白金等級，已經是快要脫離人類法則的存在了對吧？」

她先以這句話開啟話題。許久沒有出現在世上的勇者英雄。

起於閃亮鍊甲（Chain Mail）的冒險傳奇（註2），拯救世界的偉大冒險者們。

有時甚至會超越死亡，於現世重生，剷奸鋤惡。

然而——現在並不存在。

「而這座迷宮位在地下。至於地下有什麼東西——當然是『死』囉。」

地獄。死後的世界。「死」。礦人（Dwarf）的故事也提過，沉眠於地底深處的東西是破滅。

你記得很久以前，師父跟你說過。意思是，她也在地底嗎？

「那麼潛入地下，在那裡穿越生死的境界，回到地上……」

女情報販子含住不知何時放進杯子裡的麥稈，輕輕啃咬，看著你。

「不就等於在重複『死』與重生的過程嗎？」

這……

你不知道該如何回答。不，是想通了一切。

註2　哥殺TRPG裡也有用到「はじめの冒険者」、「輝ける鎖帷子の勇者」這些梗，疑似是指勇者鬥惡龍3的主角一行人。

你腦中已經浮現答案，如同豎起一根旗幟（Flag）。

那是無可否認的事實，超越自然的英雄行為的模仿。

你也對魔法略懂一二，所以能夠理解。模仿並非只流於表面。

沒錯，「死」——正是力量。

無論是冒險者或怪物，不是殺戮就是被殺，只有其中一方能存活下來。那就是力量。

既然如此，只要在迷宮裡不停殺戮，一個晚上就能提升等級。

迷宮是超自然的領域，想在那裡模仿超越常人的英雄的行為，並非不可能。

然而。

那堆屍體的前方——屍山的頂端——又有什麼東西呢？

「這姊姊就不知道了。我又不是冒險者。」

她露出無法判讀情緒的笑容，聳肩回答。

你也沒有想知道答案的意思。要問的問題早已問完。

想知道答案，只能採取行動。至於答案位於何處，你應該察覺到了。

「——暗黑領域。」

你果斷地咕噥道，女情報販子以如歌般的聲音附和，一副發自內心覺得耀眼的樣子。

©lack

「謝謝招待。」

她緩緩起身。影子罩在外套底下的笑容上。

你問她「要走了嗎」，情報販子點頭。

「嗯，別看我這樣，姊姊可是很忙的。」

那就沒辦法了。你已經得到太多，多到一杯檸檬水無法回報的程度。

「那，至少要感謝我吧。」

她發出悅耳的笑聲。那當然——你向她深深一鞠躬。

一陣舒適的風吹來，拂過酒館。

在它撫摸你的臉頰消散的前一刻，女子對你留下尖銳的話語。

「不過——只對是強是弱、是輸是贏有興趣的傢伙，大概稱不上冒險者了。」

留下這樣的，一句話。

§

「暗黑領域(Dark Zone)……」

聽見你所說的，終於出現的夥伴們中，最先開口的是蟲人僧侶。

「……果然只有那個地方啊。」

嗯。你點頭。

先不說你得出這個結論的原因，最有可能的果然就是那裡吧。

你們不知道是第幾次在酒館吃著遲來的早餐，一面召開作戰會議了。

眾人按照慣例各自用餐時，忽然有個異物混入其中。

是你所說的話，位於地下一樓的未知空間。

地下迷宮的一樓，其中一角，有條張開大嘴的巷子。

在充滿瘴氣的迷宮中雖然看不清前方，仍然亮著微光。

不過，在那前面什麼都沒有。

只有一片無光的黑暗，等著將冒險者吞沒。

——據說，前方有瘋狂的魔法師在持續進行開啟幽世之門的異端研究。

——據說，前方是亡者的巢穴，與冥府相連的「死」的空間。

——據說，踏進前方的人，沒有人回得來。

若是以財寶為目標而來到城塞都市的冒險者，沒必要涉足此地。

唯有企圖一夜致富的不知死活之徒，以及以迷宮最深處為目標的人例外。

也就是你們幾個。

「再說，大部分的人都沒發現大前提就有問題。」

「什麼意思？」

女戰士回問蟲人僧侶。

「無限的財寶。」

從迷宮滿溢而出的那東西嗎？

你想起自己發現許多的寶箱。

只要殺掉墓室裡的怪物，一定會出現。眾多冒險者瘋狂追求的東西。

促成殺戮與掠奪（Hack and Slash）的根基。

「你們認為真的有那種東西嗎？」

就是因為有，現在這個狀況才成立。

你說出連自己都不太相信，十分理想主義的回答。

和蟲人僧侶及其他同伴，經常對你做的一樣。

「即使如此，沒有從無生有這回事。那是這個世界的法則。」

何物，從何處——理應有其源頭（Resource），的意思嗎？

「可是錢多有啥不好？」

半森人斥候嚼著麵包，然後叉起香腸說道。

「是挺讓人毛骨悚然的啦，不過錢上又沒沾血。」

「結果就形成了這座城市。」

蟲人僧侶緩緩聳肩，如同一名交易神神官。

「只有源源不絕的錢，多得數不清。到時什麼東西都會變得跟氣泡一樣，一戳就破。」

「當冒險者想用溼掉的手抓泡泡（不勞而獲），比登天還難哩。」

半森人斥候咬下香腸，吞入腹中。

「……的確。這樣的話……那裡有什麼東西的可能性，搞不好是最高的。」

他抱著胳膊，神情嚴肅。

其實，那裡依舊是個危險場所。有人面有難色，遠比大家都舉雙手贊成來得好。

「我不想去可怕的地方……」

所以，你很感謝女戰士插了這句話。

但你能理解撐著臉頰、憂鬱地攪拌盤子裡的麥粥的她，臉上帶有一絲不安。

因為你雖然是來到城塞都市後才認識她，你們也相處一段時間了。

「……死掉很可怕喔？」

「那要一輩子都在地下四樓打轉嗎？」

蟲人僧侶回道。他咬住不明野獸的肉，吞下去。

「我都可以。得請你們另請高明就是了。」

「……我沒有那個意思。」

女戰士不知所措地左看右看，然後輕聲嘆息。

「只是在想，沒問題嗎？」

——好吧，這問題你也答不出來。

「這種時候說謊也沒關係，跟我說句『沒問題』吧。」

女戰士終於展露微笑，你鬆了口氣。

那個地方很危險，你再明白不過，但冒險者不就是冒著危險的人嗎？

連那位傳說中的自由騎士，都會告誡自己不能逞強、亂來、貿然行事，然而，你們非去不可。

預料到有匹悍馬正在從對面跑來，成功避開，才叫劍術高手。

可是，那不代表只會和能穩穩取勝的對手戰鬥，只會踏進安全的場所。

——話說回來。

講到這種話題，肯定會加入的堂姊和女主教，不知道在做什麼。

「什麼？」

再從姊和女主教錯愕地抬起臉，兩人都埋首於厚重的書中。

老舊的皮封面上，以異國文字刻著書名，散發出異樣的氣息。

大概是她們之前說想買的魔法書……

「啊，沒有啦，就是，之前不是遇到魔神(Demon)之類的敵人嗎？」

堂姊的語氣彷彿在跟愚笨的弟弟說明。

的確，夢魔也算一種魔神。以人類的夢為媒介，偷偷潛入現世的威脅。

你的刀刃砍斷了碰不得的存在，但那是因為她們——應該——屬於幽世的居民。

能夠在現實世界維持自我及肉身的高等夢魔（Greater Succubus），你可不想在睡夢中遇見。

「所以我想說，得調查一下召喚、魔界之核（Demon Core）、『轉移（Gate）』的資料。」

先不說魔神召喚，剩下那兩個不是禁忌和失傳的法術嗎？

你略顯不耐地叮嚀她。而且她還把女主教也牽連進去了。

「不過……」這時，那位女主教認真地搖頭。

她用指尖翻過書頁，找到相關紀錄閱讀著，用失明的雙眼望向你。

「若想繼續前進，一定……會需要。」

——唔。

你為她認真的態度深感佩服，思考著這句話，覺得放心了些。

她堅定的意志，始終朝著前方。

沒有對曾經的——沒錯，曾經的——同伴的抗爭心，也沒有對你們感到不安。

你認為非常值得高興。

你告訴她，雖然要探索地下一樓，小鬼由你們對付，女主教專注在法術上即可。

然後還不忘加上一句「還有對付黏菌」。

「……呵呵。」女主教笑著應允，很好。

「討厭！」

女戰士鼓起臉頰，在桌子底下伸出長腿踢你的小腿。

你痛得悶哼，堂姊斥責道：「怎麼可以講這種話！」

真狠。不能溫柔點……至少手下留情一些嗎？

「不，是老大不對。」

「我都可以。」

太無情了。看見兩位男性的反應，你嘀咕了一句，蟲人僧侶晃動觸角。

「所以，要去對吧。」

要去。

「那就這麼定了。」

蟲人僧侶拍了下被甲殼包覆住的那雙手，站起身。

半森人斥候立刻舉起一隻手叫住女侍。

「大姊，結帳！」

「來了！」

金幣從斥候手中飛向跑過來的兔人女侍。

瞧他又多跟她閒聊了兩、三句，他也變得挺機靈的。

「那個，藥水之類的物資存量沒問題。姊姊有好好管理。」

再從姊挺起胸膛，彷彿在炫耀豐滿的胸部。

「要去暗黑領域的話，果然得用到地圖吧……」

女主教在旁邊緊握雙拳，鼓起幹勁。

哎呀。你微微一笑。太可靠了。

——那麼，妳怎麼做？

仍然在桌上撐著臉頰的女戰士，抬起視線瞄了你一眼。

她像隻貓似地瞇細眼睛，輕笑出聲。

「嗯，要去呀？」

「因為你一臉希望我跟去的樣子。」

是嗎？你撫摸下巴。女戰士抓住你的袖子拉扯。

「……要是有史萊姆，就麻煩你囉？」

她用手指揪著袖口，笑咪咪地說。你點頭。

於是，你們整理好裝備，整頓行囊，跟平常一樣前往迷宮。

目的地是人跡未至，連有什麼東西都不知道的暗黑領域，的另一側。

然而，「搞不好會回不來」這種想法，你從未有過。
因為那是極其理所當然的事實，從第一次挑戰迷宮時就沒變。

§

脫離往返過好幾次的熟悉道路，需要拿出勇氣。
遇到哥布林、史萊姆這類與平常無異的怪物，令你深受鼓舞。
「我受夠了……」
你拍拍發出啜泣聲的女戰士溼掉的肩膀，如此心想。
然後關心背後的情況，女主教用十分微弱的聲音回答：「……沒、事。」
「這邊交給姊姊吧。」
這種時候堂姊真的很可靠。你點頭，吐氣。
暗黑領域、小混混、忍者什麼的暫且不提，你覺得地下一樓是最棘手的。
聽說熟練的冒險者，能夠獨自在地下一樓散步，你們實在達不到這個境界。
仔細一想，最初的冒險是多麼艱辛、折磨人啊……
「……嗯，我沒問題了。」
你又拍了下恢復鎮定的女戰士的肩膀，走向同伴。

不想因為遭遇戰而白白浪費體力，也不能用魔法。話雖如此，又不想逃避。

——不如說，失敗的話到時會消耗更多力氣吧。

最好的方式是將阻礙盡數剷除，一步步前進。至少在這座地下迷宮中是這樣。

「不好意思……給大家添麻煩了。」

女主教雙手握著堂姊遞給她的水袋，點點頭。

小鬼、黏菌類不斷出現，也是無可奈何。

講認真的，只要潛伏於前方——黑暗領域的敵人不是那種東西就行。

「……是的話我一定會哭。」

這句話不知道是真心話還是玩笑話，你微微一笑。

不管怎樣，能說話就代表沒事了吧。方便麻煩妳帶路嗎？

「好的。」女主教堅強地點頭，從雜物袋裡拿出愛用的製圖用紙攤開來。

「沿著路往北走。然後彎過轉角，進到底部的門後。然後……左轉。」

「不用進墓室嗎？」

半森人斥候從旁探出頭，窺探地圖，女主教點頭。

「是的。必須……無視它們。」

「那這次就沒錢賺囉……」

斥候刻意表現得灰心喪志，堂姊呵呵笑著。

「搞不好那個暗黑領域的深處，有大量的財寶。」

女戰士接在蟲人僧侶後面揚起嘴角。

「我討厭帶太多東西，所以你要自己搬喔？」

「唉唷……」

——氣氛不錯。

你偷偷吐氣。要前往未知的領域，眾人還能維持鎮定，值得慶幸。

「你也要喝水嗎？不可以勉強喔！」

堂姊似乎以為你嘆氣是出於疲勞，繼女主教之後，又將水袋拿給你。

你感激地接過，但女主教不是剛剛才喝過嗎？

——嘖，這個可惡的**再從姊**。

「害羞嗎？」

女戰士的輕笑聲傳入耳中，你狠狠瞪向她，索性豁了出去，大口喝水。

你連味道都嘗不出來，把水袋塞回去給**再從姊**。

唉。唉。

「呵呵呵，如果你一直都這麼坦率就好了。」

「——？怎麼了嗎？」

再從姊笑吟吟的，看起來什麼都沒在想，女主教則一臉疑惑。

再加上女戰士也在，你實在不想當著她的面解釋，便提議「走吧」。
「行。隨時可以動身。」
「咱也是。」
蟲人僧侶和斥候也表示同意，你們排好隊形，重新出發。
走下樓梯後，直線往北前進。彎過轉角，踢開盡頭的門。
門後是十字路口，若是平常——你們會左轉走向通往地下二樓的樓梯。
但今天不同。
你們瞪著位於正面的北方，在那裡開出一個洞的黑暗深淵。
沒錯，徹底的漆黑。
在這座只看得見輪廓線的迷宮中，連前方都完全看不清的空間。
如同迷宮這隻生物的喉嚨深處，露出利牙想吞噬你們的野獸大嘴。
「……真的要去嗎？」
「怎麼？都這個時候了才在怕？」
跟在地上的時候相反，女戰士調侃半森人斥候，斥候笑道：
「對啊。會怕。麻煩大姊開路！」
「……討厭，真是的。」
她輕聲咂舌。你笑了，告訴她第一個殺入敵陣是頭目(Leader)的權利。破門的權利。

「這裡沒有門就是了。」

堂姊從旁插了一句話，蟲人僧侶咕噥道：「動作快。」

你一步步走上前。一步，兩步，三步，四步。

不過，到此為止。

視野及一切，都在那前方的一步消失不見，彷彿被抹成一片漆黑。

你先拿彎刀的刀鞘探向前。果然被黑暗吞沒了。拔出來又恢復原狀。

「……所以不是消失囉。」

「會不會是沒有地面可以踩？」

斥候和女戰士說得對，但你們還是不得不踏進去。

你向掌管正義和天秤的女神，以及帶來幸運和風的女神祈禱。

傳說故事提到，在暗黑城塞中祈禱，無法傳達給眾神，可是除了祈禱後再前進，你別無他法。

你下定決心衝進無光的空間——兩腳穩穩踩在石頭地上。

然而，你感覺到的就只有這樣。

黑暗。

你身在完全的黑暗中，有種視野被抹成黑色的感覺。

前後左右及上方都一樣，轉過頭，連身後都看不見。

只有腳底感覺到的地面觸感，告訴你自己存在於此。
假如連地面都消失，你八成會連自己是站是坐都搞不清。
飄浮在空中，或者溺水，墜落。身體跟站在船上一樣搖來晃去。
你伸手摸到冰冷的物體，瞬間嚇了一跳。沒事。是迷宮的石壁。
你下意識撫摸自己的臉，撫摸臉頰。放心。你存在。即使連手都看不見。
「老大，沒事吧──？」
半森人斥候的聲音傳來。神奇的是，來自近得嚇人的地方，彷彿只隔著一層布。
你為這神祕的感覺困惑不已，表示自己沒事，同伴的腳步聲一個接一個響起。
緊接著是「哇」、「啊」之類的驚呼聲。
「……真是個怪地方。」
「迷宮本來就不能靠眼睛看。」
「因為你有觸角啊。」
「……是這麼奇怪的地方嗎？」
最後是女主教。在這個領域，她或許是最靠得住的。
其他人應該也畫不了地圖，交給她果然是正確的決定。
「……是！我會努力……！」

你感覺到她聽了後鼓起幹勁，在黑暗中笑了。

「為了避免走散，大家小心點。牽著手走路——應該行不通吧。」

不行。堂姊喃喃自語。儘管置身於黑暗中，你仍然知道她正在皺眉。

不，不只堂姊。其他人也是，光憑語氣就大概猜得出表情。

例如……

「那慢慢走吧。不可以因為看不見就亂摸喔？」

女戰士喀喀喀地踩著鐵靴邁步而出的模樣。

「要是在這種地方遇到怪物，那可一點都不好玩……」

半森人斥候戰戰兢兢，慎重地跟在後面，你也感覺得到。

到頭來，對你們而言，這片黑暗僅僅遮蔽了視線。

你為此感到無比的喜悅。

§

你們成群列隊，在伸手不見五指的黑暗中前進。

走幾步就出聲。走幾步就出聲。

建議重複這個步驟的人是堂姊，這次你也乖乖聽話了。

就算是熟悉的一樓，這裡可是未知領域。沒人知道有什麼東西。走散就糟了。

「……什麼都沒有耶。」

因此，半森人斥候這句話，恐怕也是在明白這一點的前提下做出的發言。

剛才他也找人借棍子探路，被女戰士罵了句「我的長槍才不借給你」。

「咱還以為肯定會在進來的一瞬間，出現腦袋有病的老頭用法術攻擊咱們。」

「幕後黑手在地下一樓？」蟲人僧侶敲了下嘴。「怎麼可能。」

「哎呀，可是地下一樓外出或購物比較方便呀。」

再從姊兩手一拍，悠哉地說。你毫不掩飾地嘆氣。

「畢竟要一直上下樓很累嘛。」

女戰士呵呵笑著。你完全無法理解女性顧慮的部分。

不過，嗯，沒有什麼事是不可能的。

既然不知道「死」的真面目，就算它位在地下一樓也不奇怪。

或者是碰巧遇到要去購物的幕後黑手，應該也不是沒有可能。

「在四方世界散播疾病的傢伙，會這麼友善嗎？」

蟲人僧侶無奈地說。

這樣說話的就有五個人了。那麼——女主教呢？

「……」

沒有回應。但你感覺得到——若那種東西真的存在——她的氣息。

大概是在想事情。堂姊溫柔地問：「怎麼了嗎？」

「啊，沒事……」

女主教似乎迅速把頭抬了起來，左右搖晃，長髮飄揚所引起的風，也吹到你身邊。

「地圖快超出邊緣了……得補上新的紙。」

「哎呀，要不要我來幫忙？」

堂姊提議，女主教回答：「那麼，可以請妳幫我拿著這邊嗎？」

雖然只能摸黑，她們倆應該沒問題。堂姊是很粗心沒錯，但她們感情很好。

——迴廊的盡頭嗎？

你聽著紙張的摩擦聲自言自語。超出邊緣代表。

「搞不好賭對了。」

蟲人僧侶謹慎地開口，語氣嚴肅。

「看來幕後黑手在地下一樓，也不全是玩笑。」

「不，不一定喔。」

半森人斥候的態度正經八百，跟在地上時截然不同。

「這座迷宮的主人性格很扭曲，說不定會設陷阱。」

「例如用魔法把我們轟得遠遠的。」

女戰士笑著說，蟲人僧侶罵道：「不好笑。」

總而言之，這裡可不是可以鬆懈的地方——你們能做的，只有保持警戒。

「……好了。」這時，女主教——不，是堂姊嗎？——開口說道。

在這片黑暗中，只能依靠女主教繪製的地圖。一旦迷路，不可能出得去。

就這方面來說，難怪沒人回得來。

——對了，死在迷宮的人，屍體會怎麼樣？

事到如今你才想到這個問題，或許是因為竄入鼻尖的奇妙臭味。

「是不是有股味道？」

女主教嘀咕道。堂姊納悶地回問：「味道？」

你輕易想像出她八成在抖動鼻子，把手放在腰間的彎刀上。

「這啥味道……」

「……前面嗎？」

你感覺到斥候和蟲人僧侶也各自擺出戒備姿勢。

「不對。」女主教接著說：「是右邊。」

「都一樣。」

你聽見蟲人僧侶的敲嘴聲。

你在真正意義上摸著黑，慎重地朝右邊伸手——碰到牆壁……不。

「老大，可以借過一下嗎？」

你點頭，在黑暗中退開一步，這樣應該就不會妨礙到他。

緊接著，某人——用不著說是誰——移動到你面前，有東西動了幾秒。

然後，一陣風吹來。

風隨著「喀嚓」一聲的機關聲吹過。帶有腥味，令人不快的風。

「好咧。」

經他這麼一說，你將手伸向牆壁——空無一物。

本來是石壁的地方，冒出一個空間。暗門，是岔路。

「有趣……怎麼做？要去嗎？」

——前面，還是右邊。

可以跟同伴一起勇往直前，也可以彎進這條祕密通道。

或許是陷阱。不對，要說的話這個空間本身就是陷阱。現在講這個未免太遲。

你認為必須掌握微小的線索，回答「走吧」，果斷邁向右方。

地面確實存在，能夠前進。你有股預感——看來會是條漫長的道路。

你憑氣息感覺到夥伴們點頭同意了，一行人走向黑暗的正中央。

「……………這個味道。」

是女戰士的嘟囔聲。你聽出她的聲音在微微顫抖。

「……我有印象。」

全員陷入沉默，卻並未停下腳步。

你們默默前進，通道一下往左，一下往右，如蛇般蜿蜒曲折。

有種要被拖進去的錯覺，讓人覺得可能會一去不回。

你簡短詢問「地圖沒問題嗎」，以打破沉默。

「咦，啊，是、是的。」女主教聲音拔尖——在顫抖。「沒問題。」

那就好。你回答，對話再度中斷。

黑暗中，能感覺到的情報只有眾人的腳步聲、呼吸聲、腳下的石頭地，以及——臭味。

前進的期間，你也發現了。不，搞不好早就發現了。

女戰士說得沒錯。你聞過這股味道。女主教說不定也是。

「……討厭的味道。」

堂姊的呻吟聲和衣物摩擦聲同時傳來。僅僅是用外套摀住嘴巴，大概沒什麼用。

噁心的，有點甜，令人作嘔的臭味。

聞起來像垃圾桶，被遺忘的穢物的臭味。

祕密通道的盡頭，就是臭味的來源。

伸手一摸，是不同於石壁的觸感。恐怕又是一扇門。

臭味來自於門縫間，是從門後傳來的，連你都一清二楚。

「……咱調查看看。」

半森人斥候發出細微的乾嘔聲，著手查看門扉，你配合他退後一步。

之前聞到這股臭味，沒錯，是在地下二樓的那場戰鬥。

你以不會干擾斥候的動作緩緩拔出腰間的彎刀，握緊。

「……看起來沒陷阱。」

你點頭，往刀柄上吐了口口水，用手掌抹開。檢查武器，慢慢抬起腳。

這股臭味——就是「死」的味道。

§

那裡是徹頭徹尾的墓室。

然而，沒有比這更褻瀆墓室的景象。

屍體。

僅此而已。

滿滿都是散亂、腐敗、遭到放置、遭到遺忘的屍體。

通往數個小房間的門沒有關上，屍山垮了下來。

沒有小蒼蠅之類的蟲子冒出來，或許是因為這裡是地下迷宮。可是，值得慶幸的只有這一點。

有男人。有女人。有森人(Elf)，有圃人(Rare)，有獸人。也有腐爛到看不出種族的人。

不論男女老少——只有殘骸上如同破布的裝備，證明他們曾經是冒險者。

被你踢倒的門後，久違的微光照亮這個畫面。

「……」

倒抽一口氣的人，是堂姊還是女主教？或者是女戰士——搞不好是你自己。

撲鼻而來的腐臭如同瘴氣，光是呼吸肺腑就快遭到侵蝕。

要進入遍地屍體、根本沒地方可以踩的那個空間，需要跟挑戰怪物巢穴同等的勇氣。

你卻做好覺悟，踏進其中。門板底下傳來爛肉柔軟的觸感。

「小心門板底下有食屍鬼……話說回來，這未免太殘虐了……」

半森人斥候開著玩笑，輕盈地無聲踏進墓室。

有他的靈活度，是不是就不會踩到屍體了？或者是他並不介意？

「……………」

你靜靜窺探跟在後面的女戰士的臉色。

不曉得是不是迷宮內部光線不足的關係，她小巧的臉蛋比平常更加蒼白。面無血色。

你卻沒有提及她正緊咬下唇，叫夥伴們不要勉強。

——因為這裡怎麼看，都不像連接著迷宮的更深處。

「怎麼會，這樣……」女主教的喉嚨發出抽氣聲。「為什麼……」

她握緊天秤劍，用力到手指都發白了。

不用依賴視覺，她也能理解這個景象吧。看不見並未帶來好處。

看她隨時要腿軟的模樣，你不知道該說些什麼，這時堂姊先有了動作。

她一語不發，將自己的手覆上女主教的手。

堂姊望向你，輕輕點頭。你也對她點頭。

儘管不想承認，你發自內心尊敬堂姊的這部分。

「老大，可不可以來看一下？」

你拜託女戰士戒備四周——她點了下頭——走到斥候旁邊。

他蹲在地上，似乎在檢查屍體的狀態。

你跟著在旁邊蹲下。聞到一股腐臭味，如同撲到臉上的蒸氣。

「……寺院的尼姑看了，八成會大罵『這該死的叛教徒』。」
聽見他開的玩笑，你硬是揚起嘴角，扯出笑容。
那座寺院也「保存」著許多冒險者……
但他們還活著。為了接受治療的那一天，身體仔細清潔過。
其中蘊含敬意——正因如此，捐給寺院的錢才顯得有價值。
這麼褻瀆生命的做法，如何得到她們的認同？
「是啊……然後，你看這傢伙。」
半森人斥候把蝴蝶形短劍的劍尖當成手術刀，指向屍體的傷口。
「咱也一直在你旁邊看你戰鬥，所以看得出來……你覺得咧？」
真是銳利的傷口。
得拿出渾身的力氣刺下去，靠手腕的動作割開肉，傷口才會這麼深。
有別於瞄準甲冑縫隙處的攻擊，精準斬裂要害的一刀。
恐怕——你毫不猶豫地說——是彎刀砍的。
「……果然嗎……咱就這樣覺得。」
不過，一般的彎刀沒辦法連鎧甲一起砍斷。
所謂的破盔，本來是要讓刀刃陷進頭盔才能成功的招式。
將鎧甲連同骨肉一起砍斷，並不尋常。

——沒錯，並不尋常。

這堆屍體中，有被彎刀砍死的。有被劍砍死的。也有被法術燒死的。各式各樣的傷口，及各式各樣的死法。

在推測是致命傷的舊傷上，覆蓋著好幾道傷痕。也有新的傷痕。

不是在迷宮徘徊的怪物做的，也不是那群初學者獵人的同類。

這正是——冒險者的做法。

「原來如此，我懂了。」

蟲人僧侶把玩著く字形的鸞刀，不屑地說。

「我就在想說那群突然冒出來的人，如何取得地下四樓、五樓等級的力量……」

沒錯。

你也一直很在意。

——而且雖說是為了鍛鍊，我們還奪走了不願奪走的生命……

——懺悔完之前沒臉見妳……我們覺得這樣比較好。

他們殺了什麼。

在為何懺悔。

是如何鍛鍊。

不被允許的行為是什麼。

「**是在用這些傢伙鍛鍊。**」

答案於此時此刻，緩緩**站了起來**。

惡夢般的景象。

他們硬是撐起扭曲的身軀，宛如穿著破衣的小丑。

若只有一人──不，是一隻？──你們還會戒備。

這可是未知的敵人。你們會共同合作，小心戰鬥，一心只想著打倒敵人。

但狀況並非如此。

肉與骨發出摩擦聲，腐爛的內臟發出水聲。一個，又一個。

你踢倒的門板震動起來，從下面又爬出一隻。

塞滿墓室的屍骸通通站起來，蜂擁而至──

──除了笑以外，你不知道該做出什麼樣的反應。

「是不是出去比較好!?」

堂姊難得被逼急了，你搖頭。

不能放這東西出去。

何況是在暗黑領域裡面遭到包圍，你可敬謝不敏。

你迅速環視周遭，踏進墓室中央，叫其他人組成圓陣。

「是、是……！」

女主教率先行動。果然是因為有堂姊的幫助嗎？

你將一起跑過來的兩人護在身後，用沒拿刀的那隻手抓住女戰士的手臂。

「啊……」

茫然的語氣及表情，她的手比想像中更加瘦弱、纖細。

你一邊喝斥，一邊將她拉到自己身旁。不戰鬥的話，會死。

「……嗯……抱歉。」

她好不容易拿起長槍，搖了下頭。對你而言，這樣就夠了。

「……聽過毛蟲和冒險者的故事嗎？」

蟲人僧侶低聲說道，用與平常無異的嚴肅態度對你晃動觸角。

「冒險者若不攻略煉獄，就等著被不停增加的毛蟲壓爛。」

——原來如此，是個有意義的故事。

「是很有意義沒錯，但一點都不好笑……！」

蟲人僧侶和半森人斥候已經拿起武器，移動到旁邊加固防線。

你們四個圍著堂姊與女主教，與亡者群對峙。

——遇到這種情況，就會覺得比起斥候，更該找戰士加入團隊（Party）。

「唉唷……！」

斥候大笑著回應這句聽起來像在虛張聲勢或逞強的玩笑話。

平常總會在這時挖苦他一句的女戰士，卻沒有反應。斥候聳了下肩膀。
「要把咱踢出去的話，至少等回酒館再說唄。」
我會考慮。你點頭，望向逐漸逼近的屍體。
要做的是將阻礙盡數剷除，不過……
「……要不要用法術？」
女主教壓低音量詢問。她拿著天秤劍，隨時可以施法。
你卻搖搖頭。
還不到那個時候。別說地下五樓了，這裡連地下四樓都不是。
——重頭戲在後頭。那塊暗黑領域的深處。
「不過，遇到危機的時候姊姊會用喔！」
可惡的**再從姊**。你揚起嘴角。遇到危機的時候，就交給妳了。
「嗯，交給我吧！」
她大概在得意地挺起豐滿的胸部，肯定牽著女主教的手。
既然如此——可謂無後顧之憂。
「其實，我認為應該要衝進第一間墓室，打完一場就撤。」
雖然我都可以。蟲人僧侶開口說道。
「亡者理應會怕解咒。幫我爭取集中精神的時間。」

你點頭。調整呼吸。做好覺悟了。只需要將阻礙盡數剷除。

下一刻——冒險者的亡骸一口氣湧上。

§

過去擺在這裡祭祀的雕像被砸碎，香爐隨處扔在地上。

你卻沒那個心思注意會不會被那些東西絆到。

「MUUUUURRPHH！！！！！！」

冒險者的亡靈們發出模糊的呻吟聲逼近，明顯已經失去理智。

曾經的技術消失殆盡，沒有使用武器或法術，只是伸出利爪抓向你們。

「……唔……！」

當然，腐朽的爪子不可能撕裂你們的裝備。女戰士揮舞長槍，趕走他們。

可是——有聲音。

喀喀喀，喀喀喀。亡者的爪子、牙齒，不停抓著鎧甲表面的聲音。

你差點被抓住，掙脫開來。徹底腐爛的肉噴出骯髒的液體及內臟，遮蔽視線。

擦掉穢物的這一瞬間，對你而言根本構不成破綻，你悠然擺好架勢，揮刀反擊。

血與油脂導致地面變滑。從刀柄滴下來的液體，害你無法牢牢握住。

不過無所謂。你踩穩腳步，握緊彎刀，迎頭揮下。

從頭蓋骨到脊髓被一刀兩斷的有趣情況並未發生，但你確確實實劈開了他的腦袋。

雖然不知道淪落至此，腦漿還有什麼意義，總之敵人就這樣倒下了。

你調整呼吸。每吸進一口腐臭，都會產生一種內臟慢慢被汙染的錯覺。

「這……不好對付啊……！」

半森人斥候揮動蝴蝶短劍，發出類似呻吟的聲音。你沒有回答。

沒錯，這群亡者——並不強。

揮個一兩刀就能解決，腐敗的肉體不成威脅。

簡單地說，是足以與小鬼及黏菌匹敵的弱敵。

數量再多都不足為懼，搞不好比他們還弱。

可是——無法思考。

隨便亂揮武器即可的行為，稱不上戰鬥。

像割草一樣剷除亡者，尋找下一個敵人，繼續揮刀取其性命。

不怎麼消耗體力。可是，對，無法思考。

每當重複這個過程，腦袋都會昏昏沉沉。

視野閃爍、模糊，呼吸變得急促。

講好聽一點叫心無雜念。

實際上，只是連思考的力氣都沒有。

——無法思考。逐漸失去思考的能力。

不是累，也不是對永無止境的殺戮感到精神疲憊。

揮動武器的手並未失去力氣，一而再，再而三地砍倒站起來的敵人。

不是為了存活，不是為了財寶，純粹是以殺為目的的殺戮。

隨著殺敵數愈來愈多，內心也愈來愈寒冷。思緒變得遲緩，火焰慢慢熄滅。

剩下來的，唯有如同仍在冒煙的炭火的灰燼。

——這是工作。**不是冒險**。

「……唔。」

堂姊在你身後像喘不過氣似的，倒抽一口氣。

望向前方，那裡有具四肢被剁碎的屍體。是你做的。

屍體卻輕飄飄地站起來，彷彿有看不見的絲線吊著。

那已經只是擁有人形肉塊，駭人、無以名狀的異形生命。

「啊……嗚……啊……」

女戰士口中傳出孩童般的抽泣聲，哭著搖頭。

她癱坐在地，發出鎧甲的碰撞聲。在戰鬥途中。

你也有發現，她從踏進這個房間時就不太對勁。

如今終於達到極限了嗎？你正想開口說些什麼——

瞬間，天秤劍快速從她旁邊刺出。

「振作點……！」

是女主教。

她用天秤劍擊落企圖抓住驚慌失措的女戰士的屍體，放聲吶喊。

「沒必要因為敵人醜陋……！就害怕……！」

她說。

兩眼被眼帶遮住，再加上雖說是長柄武器，她可是從隊伍後排發動攻擊。不太打得中敵人。

儘管如此，女主教仍然咬緊牙關，揮動天秤劍迎擊屍骸。

她嘴上這麼說，若敵人換成小鬼，她肯定也應付不來。

正因如此，她才會竭盡全力堅持住。否則就不會在這裡了。

你、女戰士、女主教、夥伴們，所有人都一樣。

「說不定贏不了……！說不定很可怕……！」

——但是，必須堅持下去。

女主教咬緊牙關，咬緊下唇，努力用天秤劍往屍體身上刺。

啊啊，真是……

即使無法思考、全身冰冷、差點消失，還是有人拿著燈（Spark）不是嗎？

你輕拍女戰士的肩膀，踏出一步，連同她的份一同揮劍。

屍體的水氣徹底蒸發，乾巴巴的。砍下去的手感及聲音，都跟劈柴一樣。

現在可是最需要你撐住的時候喔。你哈哈大笑，對斥候吶喊。

「可是咱有點撐不住啊！快累死了！」

這句話聽起來像在要求換人，你叫他去拜託別人。斥候哀號道：「怎麼這麼無情！」

一如往常。輕鬆的語氣，自在的態度。真是無比可靠。

然而，遺憾的是，你的確開始感到厭煩。差不多該想點辦法了。

「再撐一下。」你聽見冷漠的敲嘴聲。「在這邊死掉，也不會有人放在心上。」

哎呀呀，真是的。咱們的聖職者為何如此可怕。

「我、我不覺得可怕……！」

聽見你的碎碎念，女主教反駁道。

唉唷。

你輕輕聳肩，瞄了女戰士一眼。和她無神的雙眼四目相交。

「…………」

女戰士欲言又止，低下頭。眼角發紅。

她一直在追尋「生」——不知道你是否記得自己之前聽她提過這件事。

那一晚，這位獨自前來找你的少女如此呢喃。迷宮裡有「死」的話，說不定也有「生」。

——那個「生」不可能是這種東西。

「啊……」

你不曉得自己這句話，究竟有沒有傳到她耳中。畢竟敵人的數量非常多。

數量多卻不強，害你們費這麼多工夫，令人髮指。

「……唉，你怎麼這樣對女生。」

你聽見**再從姊**無奈地碎碎念。她跪到女戰士旁邊。

你背對著她們戰鬥，卻知道堂姊正在微笑。

「站得起來嗎？」

「…………嗯。」

女戰士微弱的聲音。衣物的摩擦聲。用袖口——恐怕是擦拭眼角的聲音。

「……對不起。」

「沒關係，別放在心上！遇到那種怪物，不嚇到才奇怪。」

鎧甲上的金屬喀啷作響，女戰士站了起來。雖然動作十分緩慢。
你簡短慰問了她幾句。還好嗎、沒事吧，之類的話語。
她沒有明確回答。女戰士站到你旁邊，低聲說道：「還能，再努力一下。」
——那就好。
你們團結一致，與可怕的亡者群正面對峙。
再說一遍，那僅僅是單純的工作，稱不上戰鬥。
生與死的累積，會成為冒險者的力量——這句話忽然浮現腦海。
有道理。但累積這種東西，究竟有何價值？
「好，可以了！亡者應該抵擋不了解咒……!!」
蟲人僧侶的祝禱，為墓室喚來一陣清涼的風，令死者化為塵土。
你置身於飄揚的塵埃中，始終無法理解，這個過程有何意義。

§

「休息吧！」
提議的人當然是堂姊，真不知道她哪來這麼粗的神經。
她雙手一拍，跟野餐時建議吃便當一樣。

你既放心又無奈，不久前的倦怠感也煙消雲散。

當面跟她說她會得意忘形，所以你不會開口，但堂姊的這部分確實值得尊敬。

雖然地點位於滿是屍體殘骸——化成的灰燼的墓室中，並不值得讚許。

「可是，總不能在暗黑領域休息吧……」

「無妨。」蟲人僧侶說。「我都可以。」

「唉唷……」

半森人斥候苦笑著咕噥道。經他一說，的確是這樣。

總不能把灰燼踢開，你們決定在墓室中席地而坐。

「啊，我來設置結界……！」

女主教急忙從行囊裡取出聖水，小步於墓室中奔跑。

這群亡者未必不會甦醒，需要驅逐怪物的結界。

你請她設置完結界後檢查地圖，女主教精力十足地回答：「好的！」

她將聖水滴到地上，描繪法陣，蟲人僧侶撐起沉重的身軀。

「我也來幫忙好了……」

「那咱去門口看著。」

接著，半森人斥候輕盈地跳起來，雙手把玩著短劍，靜靜行動。

「老大打算繼續前進對吧？」

——是沒錯。

至少體力、法術等資源（Resource）完全沒有消耗。

而且……你想看看樂於製造這種東西的人。

「是啊。」

半森人斥候的回應簡短，卻明白表示同意。

你目送他離開，輕輕吐了口氣，然後才有動作。

「給你。」

堂姊見狀，笑著遞出水袋。唉，真是的。

「怎麼了？」

她笑著歪過頭。你本來覺得該跟她講些什麼，最後搖搖頭。

你沒打算直接跟她說。僅僅是跟她道謝。

「好好好，那姊姊去準備法術了。為了接下來的戰鬥！」

接下來。暗黑領域的深處。不過在那之前，你該去的地方是墓室的角落。

女戰士抱住雙膝，縮起身子席地而坐。

你默默坐到她旁邊。

迷宮的牆壁及地面，在瘴氣中顯得模糊不清，但伸手一碰，確實摸得到石頭冰冷的觸感。

你將身體靠在冰冷的石牆上，沉默了一會兒。

「……我想。」

宛如自言自語的呢喃。女戰士沒有抬起臉，低聲說道。

「……救姊姊。」

你只回了句「是嗎」。之前也聽說過，你知道她目前寄放在寺院。

也知道恐怕連「保存（Preservation）」的神蹟都為時已晚——你不會說沒意義。

她經常往寺院跑，或許你也還記得。

你拿起水袋喝水。溫溫的，沒什麼味道。

想喝酒。你想起師父。瘦骨嶙峋，即將枯萎的花。酒與藥的香氣。

——人終將死去。

不管是什麼人，活著就會死。連森人都不例外。

無可奈何。無法顛覆。連神蹟都沒辦法復活死者。

說什麼活在心中，也是大錯特錯。記憶會變模糊，會改變，會遭到竄改。

更重要的是，一個人活著、死去時在想些什麼，懷著什麼樣的心情，唯有當事人明白。

記憶中的死者，只不過是自己按照喜好捏造出的形象。

在這個前提下——「死」與「生」，都不可能是那種東西。

語畢，你陷入沉默。女人的氣味竄入鼻尖，柔軟的重量壓在肩上。

那股香味和師父不同，也和堂姊不同。

「……你這個人，真的是。」她發出像在抽泣的細微聲音。「……不像樣。」要妳管。你簡短回答，往她手裡塞了個水袋。

她笑開了臉，用顫抖著的雙手將水袋拿到嘴邊，補充水分。

你什麼都沒發現。她肩膀及臉上的水，是水袋的水吧。

其他人也沒發現。他們都在各做各的事，不可能聽得見微弱的嗚咽聲。

因此，這只是一段短暫的休息時間，再無其他。

§

你們再度回到黑暗中。

沿路折返這種在一般情況下再簡單不過的小事，到了暗黑領域就變得極為困難。

——當然，前提是沒有地圖。

「過、過獎了……我只是，那個，把走過的路畫下來而已。」

她害臊地回答，不過四周一片漆黑，連看都看不清楚，更遑論畫地圖了。

你聽從女主教的指示前進，在黑暗中瞥向旁邊。
在這個領域中看不見女戰士的臉，你既慶幸，又擔心。
要出發的時候，她便以一如往常的模樣颯爽邁步而出。
無須擔憂——或許吧。
「……呵呵，幹麼？」
你搖頭表示沒什麼，回應淘氣的耳語。有問題的話，到時再說吧。
就這樣，你們持續前行。不斷在長廊前行。
這條路是不是沒有盡頭？還是空間扭曲了？你不禁產生這樣的錯覺。
「……啥？」
因此，半森人斥候出聲時，說實話你甚至鬆了口氣。
「有東西，老大，在前面。」
「怪物嗎？」
蟲人僧侶小心翼翼地問，斥候簡短回答：「不清楚。」
你停下腳步，思考片刻，叫其他人做好準備，拔出腰間的彎刀。
即使在黑暗中看不見刀身，經歷剛才那稱不上戰鬥的工作，刀刃的重量依然令人心安。
來自右方、左方、後方的金屬摩擦聲，是眾人準備好武器的證據。

「法術要怎麼分配？」

堂姊問。為求保險起見，你決定麻煩她。

這裡是未知的空間，也會有未知的怪物吧。應該拿出全力。

不過，走著走著——你發現自己似乎太早下定論了。

連你都看得見的，是被淡淡燐光照亮的門扉。

看起來像一塊金屬板，但中間有一條縫，推測是一扇雙開門。

發光的是鑲在門旁的按鈕，直線排列，數量為四。

每個按鈕上頭都刻著奇怪的文字，最上面的埋在牆壁中。

「……請問，有什麼狀況嗎？」

女主教因為你——以及其他人停下腳步而感到疑惑，戰戰兢兢地問。

你告訴她前面有扇門，拜託斥候調查。

「好喔。」

他走向前方。

「呵呵，這扇門你就不敢踹破了吧？」

女戰士輕笑著調侃你。態度跟平常一樣，不知道是不是刻意的。

因此，你也跟平常一樣笑著回答「也得給斥候表現的機會」。

「嗯，嗯……咱是覺得沒有陷阱啦，不過這是什麼東西啊。搞不懂……」

「啊，大概是升降機（Elevator）！」

半森人斥候一頭霧水，堂姊從後面探出頭，興奮地說。

「『升降機』嗎？」

「對！」

女主教為陌生的詞彙感到疑惑，堂姊挺起豐滿的胸膛。

「像這樣，把箱子吊在空中。藉此把裡面的人拉上來、放下去。」

「……噢，吊房啊。」

蟲人僧侶開口說道。

「那不是古代遺跡的陷阱嗎？一走進去，繩子就會因為承受不住重量而斷裂。」

「是太舊的關係吧？聽說城市裡的鬥技場有大臺的喔。」

「噢。」

你心不在焉地聽著堂姊和蟲人僧侶的對話，掌握重點。

重點在於可以把人拉上來、放下去，意即……

「……地下四樓。能前往未探索的領域。」

你點頭附和女主教。

按鈕有四個。若最上面那個凹下去的按鈕代表地下一樓，最下面的就是地下四樓吧。

女戰士看著你的手指滑過按鈕，不安地咕噥道：

「……真的是吊房？……的話，怎麼辦？」

儘管令人不快，只能靠堂姊的法術控制墜落速度了。儘管令人不快。儘管令人不快。

「唔！」

你無視**再從姊**的抗議，調整呼吸。

你是冒險者。

冒著危險方為冒險，你們不是來安全的地方輕鬆賺錢的，也不是來工作的。

可是，夥伴們會不會願意奉陪——

「嘿嘿，愈來愈有那種感覺囉，老大。」

半森人斥候的語氣彷彿發自內心感到愉快，又補上一句：「很可怕就是哩。」

你檢查武器，重新握好彎刀，轉身望向同伴。

——走吧。去地下四樓。

「你是頭目（Leader）。我——」

「……咱無所謂！」

蟲人僧侶敲著下巴，將觸角對著他，半森人斥候咧嘴一笑。

「反正今天沒半點收穫，得賺一筆才行啊。」

「那我是時候想住住看最高級套房了！好不好？」

堂姊笑咪咪地提議，你只得苦笑。

「只有一晚的話，姊姊覺得可以住一下。就是，那個，當成慶祝！」

「慶祝？呃，慶祝攻略地下四樓，嗎？」

女主教疑惑地歪過頭，堂姊悶悶不樂地說：

「妳在說什麼呀。是慶祝贏了比賽！」

「啊……」

女主教掩住嘴角，彷彿完全沒想到。

像是茫然，又像啞口無言。若沒有眼帶，八成能看見她睜大雙眼。

她害羞地摀著嘴巴，微微揚起嘴角，露出靦腆的笑容。

「……我有點忘記了。」

「真是的……」

堂姊鼓起臉頰，表情看起來十分高興。

女主教大概能清楚感覺到那樣的氣氛，笑著向她道歉。

「對不起。妳說得對……嗯，得努力不輸掉才行。」

握緊天秤劍點頭的動作，果然變得十分可靠——你心想。

但願你也比第一次踏進迷宮的時候有所成長。

那麼，剩下的就是——

「…………」

女戰士一語不發，跟之前在酒館討論是否要挑戰初學者獵人時一樣。

你也跟當時一樣，等待她回答。其他同伴亦然。

要去還是要回頭，都不該由其他人逼迫。

你們是冒險者，是主動冒險之人。決定要挑戰迷宮深處，以拯救世界。

你不會忘記你們聚集在此處的理由。

「……嗯。」

因此，女戰士輕輕點頭，就此定案。

你按下最下面的按鈕，等到升降機的門靜靜打開，踏進其中。

——像一座棺材。

又悶又窄。門一旦關上，就再也出不去。

你只有剛開始的瞬間這麼覺得，和迷宮及墓室一樣，這個印象立刻產生變化。

夥伴們一擁而入，的確，大家都進來也還有空間。

雖然不知道原理，升降機似乎判斷所有人都進來了，關上門。

接著感覺到的是——飄浮感。

升降機的地板無聲移動，開始下降。

不習慣的感覺令團隊（Party）成員坐立不安，下意識用手扶住箱子的牆壁。

彷彿在往奈落墜落（Fall Down）。

女戰士的紅脣突然微微張開。

——咻，咚。

§

升降機的門靜靜開啟，門後是與墓室這個名稱再適合不過的空間。

漫長的道路前方，被迷宮的瘴氣遮蔽，無法目視的另一端，有人在那裡等待。

看著綿延無盡的輪廓線（Wireframe），你如此確信。

你不知道殺氣是否真的實際存在。

可是——有股壓力。

空氣沉悶，呼吸困難。前方是足以讓人感到壓力的東西。

「……但沒看到怪物哩。」

「異常安靜呢……」

站在旁邊的兩名前衛低聲交談，你點頭，小心翼翼踏出一步。

只聽得見鎧甲發出的沉重腳步聲。你吸了口微冷的空氣。

——即使對方盛大歡迎你們，也只會造成困擾就是了。

「好想聽音樂。」堂姊微微一笑。「『鏘鏘——』或『噹噹——』的那種。」

「叮叮叮，噹噹噹，叮叮叮叮噹……之類的嗎？」

女主教用僵硬的語氣，勉強配合她開玩笑。

那什麼曲子啊——蟲人僧侶敲了下嘴巴。

「總而言之，小心點。雖然不知道對方的企圖，絕對不會有好事。」

哎，顯而易見。

你在升降機中眨了下習慣微光的眼睛，慎重地在迷宮裡繼續前進。

直線通道的盡頭——是形似祭壇的詭異石階。

地上刻著黯淡的黑色圖案，描繪出不規則的線條與其相連。

閃爍橙色微光的祭壇，明顯是魔導力量的產物。

你好歹學習過真言，能夠解讀世界法則的一部分，所以你明白。

那是掌管支配及理外之法的，遺物（Artifact）。

肯定沒錯。這裡正是這個迷宮的心臟，災禍的中心（Heart of Maelstrom）。

聽起來不像警鈴的鐘聲響徹四方，迎接踏進駭人領域的你們。

而混沌暴風的正中央——

「……嗨，看來比賽是我們贏了。」

佩帶紅色彎刀的年輕人及其團隊在那裡等待你們，神情泰然自若。

「……果然……」

女主教倒抽一口氣。

和女主教相貌相似的女僧侶，手握天秤劍站在魔法戰士旁邊。

黑髮劍士拿著劍，沙賊少女在旁邊反手拿著短劍。

一行人身後——有位頭戴黑斗笠，身穿黑外套的魔法師。

所有人的視線刺在身上，女主教瞬間心生畏懼。

她卻緊咬下脣，勇敢向前踏出一步。

「……我沒想到各位連說謊都學會了。」

「我們沒有說謊。」

年輕魔法劍士遭到她的譴責，面露尷尬，搔著臉頰。

「只是先發現了通往地下四樓深處的方法而已。」

不，你搖頭。你們比的是誰先找到前往**地下五樓**的手段。

然而，祭壇後面有扇緊閉的門。恐怕是另一臺升降機。

既然那扇門尚未開啟，就不能算他們贏。

聽見你的反駁，沙賊少女豎起眉頭怒吼。

「講什麼歪理！」

「虧妳有臉罵人，是你們先騙人的吧。」

半森人斥候無奈地嘟囔道。

他聳聳肩，伸長柔軟的手臂拍一下女主教的背。

她驚訝地望向他，斥候咧嘴一笑。

「別放在心上。隨便他們怎麼說。有咱們陪著妳！」

「……是！」

女主教用力點頭，又向前跨出一步。用眼帶底下的雙眼，注視曾經的友人。

「你們有什麼企圖？不惜欺騙我，也想搶先一步。」

他們沒有立刻回答。

是否說中了，你不知道。把女主教扔在酒館，本來就讓他們對她有愧疚之情吧。

不過，他們沒能立刻回答。肯定也就算了，連否定都沒有。

「我以為只要那樣講，妳就會放棄。」

因此，黑髮劍士的回答，你怎麼聽都覺得像在辯解。

「我們不想讓妳再遇到危險。不想讓妳再受苦——」

「怎樣叫受苦，由我自己決定！」

女主教這句話，銳利得足以與天秤劍的一擊匹敵。

過去在酒館角落瑟瑟發抖的少女，和你們一起清楚地喊出自身的想法。
就算她慘遭小鬼凌辱，就算她在酒館遭人輕視、欺侮。
這位少女依然努力走了過來，挑戰迷宮。直至今天這個瞬間。
你知道。你們知道。
「……再說，你們從來不覺得這孩子有辦法抵達這裡吧。」
因此，女戰士揚起嘴角嘲諷道。
即使她憔悴不堪，即使這抹笑容像硬扯出來的，她很瞭解夥伴。
「哎，怎樣我都可以。」
蟲人僧侶接在女戰士後面無情地說。
他用非親非故之人看不出情緒的複眼及觸角對著他們，冷靜詢問。
「地下一樓的那個，是你們的練習用木人嗎？」
「……為了拯救世界。」
年輕魔法戰士的這句話，無異於不打自招。
他低下頭一瞬間，表情流露出悲壯的決心，筆直凝視你們。
「為了拯救世界，我們必須獲得力量，以應付之後的冒險。」
「你的意思是，只要不是為了自己，要詐（Cheat）也無妨嗎？有趣。」
「所以要拯救世界償還罪孽！我們——」

「哪有這個道理！」

這次輪到堂姊大喊。

她像在斥責壞小孩似的，搬出你小時候聽過的那句話。

「全是你們擅自決定，自說自話！」

她也把手伸向女主教，覆上她的手，緊緊握住。

無論何時，無論對方是誰，都會把該說的話說出來，是她值得尊敬的部分。

「之後會道歉所以做壞事也沒關係，這哪說得通！」

「我們倒下的話，誰來拯救世界！」

女僧侶直接反駁，聲音尖銳得都快分岔了。

不是在講道理。純粹是自己的心情。臉泛紅潮，呼吸急促，將心情傾訴出來。

——很像。

你忽然覺得。她也跟女主教一樣，以自己的方式站起身，一路走來。

至少泛著淚光注視朋友的雙眼中，帶有慈愛之情。帶有對她的擔心，帶有不安。

「連哥布林都贏不了的人，哪可能拯救世界。」

所以，希望她等待。在安全的地方。自己一個人。一直。直到永遠。

這句話想必是為朋友著想的肺腑之言。從來到城塞都市起。

從留她一個人在酒館，挑戰迷宮的時候起，這份心情就從未改變過。

「不……不是的！」

女主教大喊。

她將被堂姊握住的手放在平坦的胸部前，在斥候的支持下走向前方。

「誰有空管小鬼！區區哥布林不成阻礙！」

將女戰士及蟲人僧侶所說的話，轉化成自己的話語。

「因為我……我要，我們要拯救世界！」

然後拿著天秤劍指向前方，說出決定性的一句話。

「——讓開！別妨礙我們……！」

——剎那間。

你感覺到後頸不寒而慄，在大腦轉過來前就先朝女主教揮下彎刀。

「……!?」

直盯著前方的她文風不動。金屬碰撞聲傳遍墓室。

閃光及火花於黑暗中迸發。呼嘯的風聲慢了一拍傳入耳中。

你對這種感覺有印象。

墓室四方的影子慢慢浮現，得到實體。

刺在你腳邊的，毫無疑問是形狀駭人的飛刀。

有兩名戴著詭異面具的黑衣男——是忍者。

你當然不知道他們這個團隊（party）懷著什麼樣的意志、心情、覺悟。

他們為何會與忍者勾結，你也無從得知。

你知道、你能理解的，唯有至今走過的路程。

你和你的同伴，至今累積的一切。

因此，結論只有一個。

——意即，不做這種事，他們就無法拯救世界嗎？

「…………只能動手了。」

聽見你說的話，年輕魔法戰士嘀咕道，拿起紅色彎刀。

黑髮劍士手拿長劍，沙賊少女握住短劍，女僧侶和黑斗笠男子結起法印。

——唔。

看來你們被選為用來拯救世界的尊貴犧牲品了。

「……鬼話連篇……！」

女戰士不屑地說，蒼白的小臉表情十分僵硬。

——墓室中的氣氛依然沉重，感覺起來還增添了幾分殺氣。

敵人是七名冒險者，你們有六個人。數量顯然占下風。

然而，在彼此之間膨脹的情緒，和踏進墓室與怪物對峙時無異。

女戰士拿起長槍，半森人斥候雙手握緊蝴蝶短劍。

堂姊舉起短杖集中精神，準備施術，蟲人僧侶呼喚交易神的名字。

你拿著彎刀，簡短詢問「可以嗎」。不是疑問，而是確認。

「……是的。」

女主教的手像在尋求依靠似地撫上天秤劍，沉默了一瞬間，果斷回答。

「我們上吧！」

——戰鬥開始了。

§

「『萬物(歐姆尼斯)……諾篤斯(收束)……利貝羅(解放)』。」

「『佩魯非克堤(完全)……普拉奇多姆(沉默)……德努姆(命令)』!!」

為戰爭揭開序幕的，是朗誦咒文的嘹亮聲音。

黑斗笠男子結了奇怪的法印釋放真言，堂姊舉起短杖高聲歌唱。

改寫眾神創造的世界法則的話語，於墓室中央劇烈衝突，空氣帶電。

消去萬物的可怕法術，以及強制沉默的絕對宣言，兩者勢均力敵。

你毫不畏懼，衝進沸騰的大氣(Ether)正中央。

敵人數量為七。純粹看數量的話，你們以寡敵眾。需要慎重，卻不必躊躇。

更重要的是，施法者的數量是你們比較多——

「『司掌審判之神啊，請守望吾之劍不會對善人降下制裁』。」

但這個想法輕易被推翻了。

跟你一樣衝上前的黑髮戰士，放聲朗誦聖句。

看見他手中的劍纏繞著白色微光，效果顯而易見。

——君主（Lord）嗎……！

「『我等繞行世界的風之神，尚請阻擋寒風，守護我等的雙腿免於受凍』！」

面對寄宿神力的刀刃，蟲人僧侶立刻祈禱守護的祝福。

你感覺到有股清涼的風環繞地下深處的墓室，籠罩你們的身體。

得到保護的實感彌足珍貴。

「跟我共同行動的時候，還沒……！」

後方的女主教敏銳地感覺到神的氣息，吆喝道。

——意思是，她的位階比較高嗎？

問題在於敵人的僧侶，恐怕是專職的聖職者——你在思考之前與敵人接觸（Engage）。

你迅速在頭盔底下左顧右盼，決定先專心彌補當下的戰力差距。

敵方的前衛有魔法戰士、君主、沙賊，以及兩名忍者。

——不能讓忍者到後面！

「交給咱唄，老大……！」

光這麼一句話，半森人斥候就大聲回應，拿起雙手的短劍迎擊黑衣人。

女戰士迅速拿起長槍轉了圈，不讓敵人接近，壓低身子。

「那我也負責兩個吧……！」

「可惡，少礙事……！」

「別一個人衝出去！」

沙賊少女咂舌飛奔而出，黑髮君主追在後頭。

女戰士拿槍柄擋住短劍及受到祝福的長劍，甩槍彈開攻擊。你用眼角餘光看著這一幕，調整呼吸。

既然如此，你的對手只有那一個。

「……勸你最好不要。會死喔。」

年輕魔法戰士拿著閃耀紅光的刀刃。你將彎刀拿在正面，嗤之以鼻。

本來就把劍拔出來了，只有生死兩條路可走。

既然要拔刀，必殺就是義務。要不殺敵，要不送命，否則免不了名聲掃地。

對你而言，這件事從來到城塞都市的第一天起，就是理所當然的常識。

你將團隊(Party)的命運這個重責大任扛在肩上，悠然立於此地。

——連這點小事都不知道，還在冒險啊。

「就是因為你是這樣的人，才不能把她交給你……！」

這一劍彷彿伸長了一大段的距離。

明明早有預料，你的動作卻怎麼看都像情急之下的反應，於千鈞一髮之際閃過刀刃。

擦過臉頰的空氣銳利如刀，你一面退向後方，一面揮下彎刀。

——剛才那步是一步壞棋。

師父的嘲諷突然閃過腦海。必須經常抱著要殺死對方的決心，否則連牽制都稱不上。

赤刃與你的彎刀交鋒，發出尖銳的劍戟聲彈開。

你穩穩踩在迷宮的石板路上，調整姿勢，仔細觀察敵人。

年紀輕輕，目光筆直，緊張的神情甚至可以用年幼形容。

裝備沒什麼使用痕跡，唯有手上的刀綻放異樣的寒光。

純粹是拿到一把名刀的新人。讓人有這種感覺。不過——

——有兩把刷子。

光是接下剛才那一刀，你的手就殘留著些微的麻痺感。

你想起之前對付初學者獵人時，和你互砍過的魁梧男子。

以這個體型，威力及速度竟然能和那傢伙相提並論，不簡單。

「看招……！」

他吆喝著揮刀，你無畏地抵禦攻擊。

對手攻勢猛烈，精準瞄準你的要害。

喉嚨、腋下、手肘。刀柄在掌中轉了圈，纏繞旋風（wirbelwind）的刀刃襲向頭盔底下的頸窩。

全是鎧甲沒擋住的致命部位，你以彎刀抵禦斬擊，向後退去，撐過這波攻勢。

——唉，當戰士（Kampfer's geshaft）也不輕鬆啊。

不過他的刀法——你確實有印象。

跟不久前看到的，刻在那群亡者身上的痕跡一模一樣。

——原來如此，是靠實戰鍛鍊出來的嗎……！

你發出如同呻吟的咕噥聲。很熟練。對於斬殺人類一事。這是那樣的刀法。

「論戰鬥次數，我比你多得多……！」

你在他開口的同時直接拉近距離，揮下高舉在頭上的彎刀。

他愣了一瞬間，接著以俐落的動作舉起刀。

刀刃交鋒，發出清脆的聲響。你又向前踏出一步，加重力道。

「……可惡……！」

年輕魔法戰士的語氣，透出些微的焦躁。他的左手迅速採取行動，抓住紙牌。

「『基拉那（光）……達那（賦予）……阿格尼（點火）』!!」

下一刻，刺眼的閃光及衝擊襲來。他扔出去的咒符（Card）是「破裂（Gambit）」。

在白刃戰的途中使用法術的技術固然驚人，你也是身經百戰的冒險者，絲毫不比他差。

——沙吉塔（箭）……賽弩斯（彎曲）……歐菲羅（賦予）！

你在交易神喚來的風的保護下，連續結出三個法印，使勁蹬地。

炸裂的紙牌軌道偏移，你**踩著它**，像猴子一樣跳向空中。

「嘖……！」

敵人當然沒弱到高高一**躍**用力揮刀就能打倒。

他以只能用「卯足了勁」來形容，卻快得驚人的速度及力道揮下赤刃。

刀刃與你的彎刀互擊，文風不動，擋開那一擊。

你因衝擊跳向後方，在著地時刻意順勢於地板上滾動，拉開距離。

否則他的刀肯定會在那一瞬間砍向你的脖子。

「無機可乘……！」

——未必。你有好幾次都差點送命。

你故作無知，迅速確認同伴的狀態。戰況如何？

「老大，你怎麼有辦法一次對付兩個這種傢伙!?」
率先哀號的是負責阻擋兩名忍者的半森人斥候。
他用雙手的短劍持續擋掉(parry)攻擊，卻完全不占優勢。
他閃過毒蛇般的拳頭，躲開天馬般的飛踢。
若想趁機偷襲對方，又會被跟漩渦一樣旋轉的體術纏住。
「唉唷……!?」
斥候雖然全都在千鈞一髮之際閃開，臉頰及手臂卻有一道道明顯的傷痕。
從這方面來說——
「嘿……!」
揮舞長槍保持距離，不讓兩名敵人靠近的女戰士，狀況也差不多。
除非技術有極大的差距，否則短劍及長劍很難與長槍正面交鋒。
「該死！太卑鄙了，竟然用長兵器(Pole Weapon)……!」
「事到如今，說這什麼話!!」
沙賊少女怒吼道，女戰士揮下槍尖砸向她。
她表面看來不慌不亂，卻神情凝重，還看得見臉上的汗水。
「得手了……!」
畢竟，這場戰鬥不是一對一。

沙賊少女往後跳，槍尖打中石地板的瞬間，黑髮君主衝上前。

肉眼無法辨識的高速突刺，據說是那位傳說中的騎士的拿手好戲。

女戰士收回長槍，用石突撐住身體，像在跳舞似的，上半身大幅度地向後仰，避開劍刃。

劍尖擦過她的胸甲，掠過鼻尖，在她的額頭留下一道傷痕。

「唉唷，討厭……！」

她發出近似哭喊的叫聲，鐵靴強硬地踹向前。

胡亂使出的踢擊，對黑髮君主來說想必構不成威脅。

「哇!?」

他雖然驚呼了一聲，卻在腳尖命中前跳開，喘了口氣。

沙賊少女見狀，激動地大喊：

「你在幹麼啊!?」

「抱歉。」他對沙賊少女道歉。「下次我會解決她！」

女戰士——沒有回答。

她氣喘吁吁，勉強用長槍撐住身體。

粗魯地用袖子擦拭流下來的鮮血及眼角滲出的液體，彷彿要驅散剛才跟自己擦身而過的「死」。

「我還能……繼續打……」

從喉間擠出的聲音，聽起來像哭聲。

那不是對敵人說的，而是對你，或者對自己說的吧。

她的精神狀態本來就稱不上理想，在前衛之中，也算缺乏體力的。

斥候也並非專職的前衛，僅僅是「現在還撐得住」罷了。

一進一退。缺少關鍵的一步。而照這情況，數量比不過對方的你們遲早會敗退。

不過——

…………

你對於現在的戰鬥，產生一股異樣感。微不足道的疑惑，連漏洞都稱不上。

要在這上面賭一把，根本不理智。

但不管選擇哪一條路，等待於前方的結果都無從得知。

不對……至少在是贏是輸、是生是死這一點上，顯而易見。

——既然如此，用不著想那麼多。做好覺悟前進便是。（註3）

假如會跟這群人一起戰死，那也是無可奈何。

註3　出自山本常朝的《葉隱》。

即使有更強、更聰明，或者更優秀的同伴，你也沒打算選擇。

你不後悔，感覺十分愉悅——而且，你完全沒打算輸。

抓住一絲的勝算，於一條道路上奔跑，與挑戰「死」有幾分相似之處。

——這樣**很好**。

「你在笑什麼……！」

魔法劍士咆哮著揮下紅刃，你使出渾身解數迎擊。

鋼鐵與鋼鐵的衝突聲響起的同時，你的手傳來劇烈的衝擊。千萬不可以把彎刀弄掉。

實際上，你也沒有看起來那麼從容不迫。不扭轉戰局，你的冒險就會在此劃下句點。

「——給我一回合！」

傳入耳中的是女主教幹勁十足的聲音。當然沒問題。

——這樣的話，果然該請斥候專心開寶箱比較好？

「唉唷……！」

他很快對你的話做出反應，敵人不可能理解那個意思。

半森人斥候將雙手握著的**蝴蝶**短劍拿在掌心旋轉，往上擋開從左右飛來的手刀。

與此同時，他朝旁邊滾動，讓開一條路，放其中一人跑到隊伍後列。

「沒辦法，其中一個交給你！」

「有趣……！」

一名忍者幾乎在蟲人僧侶回答的同一時間，撲向他的喉嚨。

緊接著傳來的衝擊聲，卻低沉得無法想像潛藏在體術底下的致命招式有多麼銳利。

「看過一次的招式，蟲人就不會忘。」

蟲人僧侶用覆蓋住脖子的甲殼擋住手刀，張開大嘴——笑道。

瞬間，蟲人的爪子牢牢抓住無聲無息企圖踢飛他的忍者的手臂。

雖然他戴著老虎面具，看不見臉孔——還是瞬間流露出恐懼之情。

「『沙吉塔（箭）……印夫拉瑪拉耶（點火）……拉迪烏斯（射出）』!!」

堂姊用短杖的前端指向他的腹部，毫不留情射出火箭。

血肉炸開，蒸發，忍者連承認敗北的時間都沒有就四分五裂，倒在地上。

「……可怕。」

蟲人僧侶說。堂姊帶著柔和的微笑，得意洋洋地挺起豐滿的胸部。

「呵呵，吃我這招……！」

——施法者的任務不只射出火焰或閃電，不過真的讓他們用出來，還真是恐怖。

然而，一對一的話，你們的斥候可不會落於人後。

「得手了……！」

蝴蝶短劍張開翅膀，纏上宛如一隻老虎，自暴自棄地迎面撲來的踢擊。

交叉的劍刃扣住腳踝，忍者瞪大眼睛的瞬間，斥候的手放開短劍，抓住虛空。

「喝啊!!」

伴隨氣勢洶洶的吆喝聲刺出的手刀，在下一刻貫穿忍者的喉嚨。

鮮血飛濺，從喉間發出的尖銳聲響，聽起來像北風的呼嘯聲。

可是，墜落於地面的那名忍者，頭部仍然和身體連接在一起，絕不致命。

「啊……！果然沒那麼好模仿……！」

半森人斥候甩動右手，抓住彈了開來、於空中飛舞的蝴蝶短劍，衝向敵人。

然後不費吹灰之力地奪走無法呼吸，倒在地上掙扎的忍者的性命。

——這樣就剩五個。

前衛的數量雖然一樣，戰力差距已經逆轉。我方在上，敵方在下。

「嘖！」理解戰況的沙賊少女大吼。「只要幹掉這女人就沒差了！」

少女以如同凶猛肉食野獸的動作撲過來，女戰士叫著「走開！」驅趕她。

接著，君主手拿長劍猛衝而來。

「妳該認輸了吧……！」

「你才是——太慢了……！」

該用「費盡九牛二虎之力」來形容嗎？女戰士步伐不穩，用長槍擋住劍刃。咆哮著的那把劍，是出自古代名工之手的名劍。女戰士的長槍顯然不利。槍尖立刻發出刺耳的摩擦聲，哀號著出現裂痕。

「看我的……!!」

女戰士卻使出全力雙手甩動槍柄，彈飛君主的身體。

她拉開距離，吐出一口長氣。被黑髮擋住的臉龐汗水淋漓，臉色蒼白，呼吸急促，是少女的表情。

她的眼神微微動搖。該怎麼做？她瞄向你。你點頭。

「還有空看其他地方……！」

你們當然沒空溝通。僅僅是嘴脣在剎那間稍微動了下。

然而，對你們來說這樣就足夠了。

——能不能陪我過一招？

「————！」

女戰士眼中閃過銳利的光芒。

瞬間，她的鐵靴(Sabaton)輕輕踢擊墓室的地面，像要整個人跳過去似的，使出突刺。

——對著你。

「什麼……！」

你無視瞪大眼睛的年輕魔法戰士，一口氣拉近跟槍尖的距離。

你的彎刀在短短一瞬間與她的長柄交錯，彷彿在接吻。

女戰士白皙的臉龐近在眼前，上頭因為無數刀傷的關係染成紅色。

長槍細小的碎片，在戰鬥期間刺中了臉。雖然以戰士來說，這也是無可奈何。

你們擦身而過——你感覺到女戰士露出靦腆的微笑。

你也微微揚起嘴角。臉上的傷隱隱作痛。

分開來的槍與刀宛如彈開來的彈簧，加快速度刺向前。

你牢牢抓住如流星般加速的彎刀，左手拔出腰間的短劍，低聲唸出三句話。

……「沙吉塔（箭）……凱爾塔（必中）……拉迪烏斯（射出）。」

「唔!?」

「嗚啊啊!?」

左手射出的短劍貫穿君主的同時，急遽伸長的刀刃從沙賊少女的肩膀斜砍下去。雖說隔著防具，砍斷女人的肉的觸感實在不舒服，飛濺的鮮血也帶有些微的甜味。在你身後——

「呃啊……!?」

「……成功了！」

女戰士因紅刃而粉碎的槍尖，敲在年輕魔法戰士的額頭上。

他的身體大幅後仰，額頭噴血，卻一副搞不清楚狀況的模樣。

切換（Switch）。

斥候與僧侶——你與女戰士，僅僅是交換了位置而已。

然而，那個團隊（Party）似乎萬萬沒想到。

——沒錯，**這些人完全沒把同伴放在眼裡**。

你在戰鬥途中發現了。

身為頭目（Leader）的魔法戰士，半個指示都沒下。

他們的注意力全放在攻擊自己視為獵物的敵人上，沒有互相支援。

沒錯，他們的確是強者，你不知道他們以那群亡者為對象，訓練了多久。一對一的話，應該比你們更加強大。

但他們並非團隊（Party），沒有做為一個團隊（Party）戰鬥。

他們對付的，是源源不絕的亡者群。

他們所做的不是冒險，僅僅是工作。

他們肯定從來沒想過。只要變得比眼前的敵人，比任何人都強即可。

所以沒那個必要，能打倒眼前的敵人就夠了。

——意即，想拯救世界，卻連這種事都不去做。

這樣——跟徘徊於迷宮內的怪物有何差異？

墓室裡有區區六、七隻強大的怪物，僅此而已。

只要意識到這一點，就不足為懼。

「怎麼會……!?」

敵陣的後衛——現在變成前衛的女僧侶哀號時，銳利的話語自女主教口中傳出。

「『溫圖斯（風）』！」

駭人的疾風在與天秤劍一同舉起的手中打轉。

不屬於這個世界，堪稱魔風的尖銳低吼聲，類似某種生物的咆哮。

堂姊發現她在唸什麼咒文，開口想說些什麼，卻沒發出聲音。

「……！司掌審判、執劍之君，天秤之人——」

「『流明（光）』!!」

強而有力的第二句，蓋過女僧侶慢半拍的祈禱。在亂戰中無法掌握施法時機的少女，和看準時機做好準備的少女，速度截然不同。

異樣的銀白色光芒照亮墓室，不詳迷宮的心臟部位於黑暗中浮現。

準備與下一個敵人對峙的人、趴在地上試圖起身的人，通通看見了。

從異界的——魔界之核（Demon Core）引出的，壓倒性的原初之力。

女主教藉由過量詠唱（Over Cast），控制這股一名少女不可能駕馭得了的力量奔流。

她的指尖燒得焦黑，為了忍受痛苦，嘴唇都咬出血來了。

不是因為大意。不是為了炫耀勝利，也不是為了展現實力。

純粹是——她覺悟到自己現在必須竭盡全力吧。

被她隔著眼帶直盯著看的女僧侶亦然。

自己重要的朋友，恐怕從來沒吵過架的她，正在向她宣戰。

不與之相對，全力迎擊，哪還稱得上朋友？哪還稱得上同伴？

損耗靈魂的祈禱無疑傳達到了天上，天秤劍寄宿著神的威光。

神鳴之雷、疾風與光——

「顯現萬般神力……！」

「——『利貝羅（解放）』！！！」

——同時解放。

§

所謂的震耳欲聾的巨響，指的是帶來疼痛的靜寂。

灼燒肌膚的熱風吹過，你的視野被抹成一片純白，眼球痛得跟被刺中一樣。

你不曉得花了多久才掌握狀況。

你連自己是站著還是倒在地上都分不清，總算意識到自己的手撐在地上。

彎刀——還在，右手還牢牢握著它。那就好。

「唉……真是的！」

第一個傳入耳中的，是堂姊的咳嗽聲。

「竟然使用還沒徹底理解的法術，太亂來了！」

她一面生氣——一面責備她，率先跑到女主教身邊。

然後牽起因為使用超出極限的法術而癱坐在地，不停喘氣的她的手。

不知為何，看到跟之前正好相反的這一幕，你臉上浮現笑容。

女主教在對堂姊說些什麼，光從她雙脣的細微動作來看，你無法判讀。

——不過，應該沒問題。

你搖搖晃晃地勉強站起來。神奇的是，現在聞得到味道了。

沸騰的大氣明明沒有臭味，味道卻令人不快。

你望向周遭，半森人斥候倒在地上，蟲人僧侶正在拉他起來。

他們看來都傷痕累累，精疲力竭，但沒有生命危險。

確認過這個事實，你立刻將手伸向癱坐在旁邊的女戰士。

「…………」

她茫然地看了下你的臉，又看了下你的手，戰戰兢兢把手放上去。

「……謝謝。」

有什麼好謝的。你抓住她的手，將腿軟的她拉起來。

女戰士腳步踉蹌，拿自己的長槍做為支撐才勉強站穩。

接著，她的視線落在槍尖──曾經是槍尖的位置，笑了出來。

「斷掉了……」

──哎，也會有這種事。

你仔細觀察撐過這場激戰的愛刀，好好將它收進腰間的刀鞘。

儘管是無銘的彎刀，卻是願意回應主人期待的好武器。

從這方面來說，她的長槍也是撐到最後一刻的好武器。

「……嗯，說得也是。」

女戰士以輕柔的聲音高興地呢喃，手掌慈祥地撫摸槍柄。

妳看出她的嘴脣做出「姊姊」的形狀，看似十分懷念。

你沒有過問，因為你的耳朵還在痛。

「啊啊……輸掉了……」

因此，你的注意力放在呈大字形躺在地上，一點都不像個女孩子的女僧侶身上。她悶悶不樂地鼓著臉頰，頭髮燒焦，噘起嘴巴抱怨道：
「……那什麼東西啊，會不會太犯規了？」
「才不會。」
扶著堂姊才總算站起來的女主教，露出淘氣的笑容。
雖然她沒有受傷，想必很累吧。不由堂姊攙扶就走不動的樣子，但她仍然努力試著用自己的雙腿走路，前往重要的朋友身邊。然後微笑著說：
「我只是，很努力。」
「這句話聽起來，像在說我們不夠努力耶？」
「沒有那個意思喔？」
女主教面不改色地說，語氣完全沒有嘴上說的那麼誠懇，接著再度輕笑出聲。
嗯。女僧侶一臉不相信的模樣咕噥了聲，揉亂自己的頭髮。
她現在的狀態跟之前判若兩人，卻不影響她的開朗及可愛。
「哎，沒辦法……畢竟都輸了。」
女僧侶深深嘆息，用無精打采的聲音隨口呼喚同伴。
「死了嗎——？」
「……沒死。」
少年的語氣相當不滿，像在生悶氣。

這句話出自按住額頭呻吟，仰躺在地上的年輕魔法戰士口中。
紅色彎刀從他手中滑落，不曉得掉在墓室的哪個角落。
他反而更擔心血流不止的額頭，板著臉咕噥道。
「……現在還沒。」
不會死的。你開口安慰他。額頭受傷本來就會流很多血。
「嗯……可是我敲得很用力，難說喔？」
女戰士卻在旁邊竊笑，所以你的安慰可能沒什麼用。
年輕魔法戰士低聲碎碎念了幾句後，無奈地提出下一個問題。
「其他人呢……？」
這個嘛──你環顧墓室及燒成焦黑的祭壇周圍。
黑斗笠魔術師坐在牆邊，肩膀搖晃，看起來笑得很開心──顯然活著。
忍者雖然沒命了……另外兩人應該都沒事。
你回想起剛才的戰鬥，檢查倒在地上的君主及沙賊少女的呼吸。
「力箭（Magic Missile）」精準命中要害以外的部位，彎刀的斬擊也砍得不夠深。
「……那就好。」
「對呀。」女僧侶輕描淡寫地說。「……大家都還活著，下次再加油吧。」
下次，下次嗎？年輕魔法戰士再三呢喃，接著點了下頭。

「嗯……說得也是。我們現在雖然輸了……下次會贏。」

是嗎？你回答。不過，先抵達迷宮最深處的，是你和她們。

「對啊。」少年聞言，苦笑著說。「要是你敢害那孩子哭，我絕不原諒你。」

——哪有什麼原不原諒，是你們贏了，所以要怎麼對待她是你們的自由吧。

女主教聽了，慌得滿臉通紅，女僧侶尖聲叫道：「咦——！」

「你夠了喔！」

堂姊又生氣了，女戰士猛烈的肘擊襲向你。看著你痛得呻吟，半森人斥候「唉唷」一聲笑出來，蟲人僧侶則一臉置身事外的模樣。

——啊啊，真是。害我沒面子。

聽見你的抱怨，年輕魔法劍士帶著神清氣爽的表情哈哈大笑。

你們本來就沒過節。雖然這個狀況並不尋常——既然戰鬥結束，結果明瞭，那就到此為止了。少年笑了一會兒，吁出一口氣，拭去眼角的液體，輕聲說道。

「欸，老師，再跟我們一起訓練吧。然後下次——」

§

「————可惜！你們的冒險到此結束了！」

§

變化突如其來。

「咦……」

發出錯愕聲音的，不曉得是女主教，還是女僧侶。搞不好是你。

然而，接下來的聲音無疑是出自年輕魔法戰士口中。

「啊、啊……啊，啊啊啊……啊啊啊……!?」

驚訝得令人發笑的表情、身體、四肢——萎縮、衰弱、崩解，化為灰燼。

他扭動身軀想要移動，衣服卻靜靜凹陷，灰燼從袖口溢出。

「哎呀，失策，失策。沒想到各位的等級提升得如此之高……」

墓室深處的影子笑著站起來。

彷彿纏繞著充斥迷宮的瘴氣，彷彿膨脹的黑暗。

存在於此的正是化成人形的黑暗，除此之外再無其他。

然後——你看得一清二楚。

男子……黑斗笠魔術師手中握著綻放光芒的赤刃。妖刀。

「老師！救我，老師！為什麼——怎麼會……我……!!」

「哎呀，那個，該怎麼說呢。我的確認為你們是前途有望的年輕人，沒有騙你們的意思。」

男子如同上課時不小心教錯的老師，毫不愧疚地搔著臉頰道歉。

那時，你察覺到了男子的異狀——不得不承認。

這名男子受到剛才的乾坤一擲，女主教拿出渾身解數投射的法術——依然毫髮無傷。

「可是，跟傳說故事不熟要扣分喔……我不是說過嗎？」

——別隨便把撿到的戒指戴在身上。

隨著這句話，一切終於崩潰。

首先是武器與甲冑的碰撞聲，倒在地上的君主化為灰燼消失。

接著是沙賊少女的身體及魂魄消失。灰燼散落，蓋過血泊。

然後是衣服、鎧甲，刺在其上的你的短劍。古代的名劍和短劍。

以及掉在地上——兩個顏色黯淡的戒指。

「老師……！老師——」

混亂的年輕魔法戰士，已經發不出聲音。

與你們對峙、敵對，說不定能成為朋友的年輕人，就這樣崩解了。

他的下場是如此無趣，令人掃興。

「啊，怎麼會……啊、啊啊……!?」

女主教控制不住情緒，喚著女僧侶的名字握住她的手——試圖握住她的手。

倘若女僧侶的手沒有從和她接觸的指尖開始瓦解，化為灰燼散落一地，她應該就能如願。

「啊、啊啊，啊啊……!!」

可惜留在女主教手中的，只有一縷灰燼，曾經是朋友的物體。

剩下就是裝滿灰的僧服及掉在地上的戒指，還有她繫在身上的藍色緞帶。

女主教拚命收集灰燼，那些灰卻逐漸被迷宮的瘴氣帶走。

最後，她抱緊空蕩蕩的衣服，手握緞帶，蜷縮起來。

必須承認。

她的朋友——徹底消失（Lost）了。

「這是……被詛咒的戒指，會吸收活力的那種……」

少女旁邊，堂姊身為魔法師的眼光依然冷靜……勉強維持冷靜。

她溫柔地輕輕撿起從女僧侶崩解的手中掉出來的一枚戒指。

平凡無奇的金色戒指，瞬間浮現紅黑色光芒的圖案，然後消失不見。

「……你的目的，打從一開始就是搶走這些孩子的力量嗎!?」

這句質問像在顫抖，像是努力發出來的，勉強抑制住情緒的平靜語氣。

暗黑——黑衣男沒有回答。僅僅是無聲地嘲笑。

無須多言——是這個意思吧。

做為回答的替代，男子以十分輕浮的態度鼓掌說道：

「哎呀，幹得漂亮(Congratulations)，各位勇敢的冒險者(Brave Adventures)！」

——你這傢伙。

「喂喂，別這樣瞪我。該更高興一點啊……」

緩緩地。男子有如古老傳說中的黑色幽鬼(Nazgul)，臉不紅氣不喘地說。

明明是個跟黑暗一樣的男人，嘴角的微笑卻異常鮮紅。

那張嘴恍若浮現於無光之夜的染血孤月，以非人類的動作開合。

「此時此刻，你們不是如自己所願，證明了自己的力量嗎？」

黑衣男子單手提著紅刃，一副理所當然的態度。

「你們變強了。得到了自己渴望的力量，不是嗎？」

這……你無言以對。打倒敵人，變強。這確實是你的願望。

然而，絕對——不是只有這樣。

「你就是……」蟲人僧侶謹慎地擺好架勢，開口說道。「……迷宮之主(Dungeon Master)嗎？」

「什麼……!?」

半森人斥候嚇得驚呼出聲，在他握住蝴蝶短劍前——

「——嗚啊啊啊啊啊啊啊啊啊啊啊啊!!」

女戰士擠出所剩無幾的力氣，直線飛奔而出。

她高高舉起碎掉的槍尖，企圖用鋼鐵長柄攻擊黑衣男。

動作連你都看得出神，是蘊含必殺意志的一擊。

傾注她目前擁有的一切，渾身的、痛恨的、直指要害的一擊。

「咦……？」

男人卻沒有閃躲。

不對，是看起來沒有閃躲。

僅僅半步，微微側身。這麼一個動作，黑衣男就完美閃開這一擊。

與此同時，他輕輕用手中的刀柄，往女戰士的心窩撞了下。

「啊、嗚!?咳、噁……!?」

僅此而已，女戰士的身體就像枯掉的落葉般飛出去。

一次、兩次，她伴隨沉悶的聲響於地面彈跳，撞上墓室深處的牆壁。

身體抽搐，口吐混雜血液的嘔吐物，或許是內臟受到強烈的衝擊。

「嗚、咿……嗚呃……啊……啊……」

——還活著。

聽著她像在掙扎的淒厲叫聲，你咬緊下唇。

©lack

你踩穩想要衝到倒在地上的女戰士身邊的雙腳，與男子對峙。
此刻，在同伴之中離敵人最近的，就是你。
不能離開崗位。在這賞他一刀——不……
——砍不中。
你不認為自己砍得中他。黑衣男毫無破綻。
單手提著赤刃，悠悠站著。就這麼簡單。可是——
——從哪個方向揮刀，被砍的都會是自己。
怎麼看都只有這種結果。
即使如此，你仍然抓住刀柄。蹲低身子，站起來。
體力不足，勝負無法判斷，夥伴在背後，但不能逃避。
——你是個高手。對方也是高手。
懷念的聲音忽然於腦內重現。再也聽不見的聲音。
——對方有把好劍，你手中只有鈍刀。
因酒意而迷濛，卻不帶笑意的虎眼，視線筆直刺在你身上。
——那麼，你怎麼做？
「哎呀，不過……還有得學呢。」
你還沒想到答案，男子就像玩球玩膩似的，扔出一句話。

黑衣男子用赤刃敲著自己的肩膀，彷彿在按摩，緩緩移動。

不是朝著你們，而是一步步走向墓室深處的厚重門扉。

男子一伸出手，那扇門就靜靜開啟。

緊接著，彷彿不屬於這個世界的刺骨寒風吹進墓室。

「我會等你們……」

男子將手放在奈落的邊緣，跟要去散步一樣，回頭望向你。

「隨時可以，過來。不過，要快。否則……」

——世界會滅亡喔？

黑衣男的語氣愉悅至極，輕盈跳進黑暗深淵中，消失不見。

沒有關上的雙開式門扉後面，是不曉得會通往何處的黑暗。

不……這座奈落的底部通往何處、有什麼在等待你們，顯而易見。

——「死亡迷宮（Dungeon of the Dead）」。

魔力與殺戮的迷宮界，在邀請你們……

後記

大家好，我是蝸牛くも！
《鍔鳴的太刀》中集，大家還喜歡嗎？
這一集我也寫得很努力，如果各位看得開心就太好了。

召集同伴，攻略地下一樓、地下二樓的你們，終於準備挑戰迷宮深處。
可怕的忍者，等待你們的是災禍的中心（Heart of Maelstrom）。
在只看得見鋼筋般的輪廓線的世界第一有名迷宮中，是最大的難關。
帶著冒險紀錄紙筆和骰子，做好準備的話，就翻開書頁吧。
若你今天還沒填飽肚子，可以在這裡用餐無妨。
——雖然我也不知道用這個梗，有多少人看得懂。

看過《哥布林殺手》的讀者都知道，最後世界得到了救贖。
這是由知道世界得到救贖的各位閱讀的，拯救世界的冒險故事。

希望能讓你感到懷念，就像你想起曾經經歷過的冒險時一樣。
因為，這是你成為英雄的故事。

拯救世界的眾多冒險，無法僅憑一人之力達成。
這個故事也是拜許多人所賜，才存在於此。
編輯部的各位，以及宣傳、通路、出版、販售方面的各位工作人員。
繪製插畫的ｌａｃｋ老師、負責漫畫版的青木老師。
統整網站的管理員大人。從網路時期就一直支持我的各位。
跟我一起玩遊戲的夥伴。更重要的是，願意拿起本書的你。
《鍔鳴的太刀》存在於此，都是託各位的福。真的十分感謝。

下一集終於要挑戰最下層，世上最為幽深的迷宮。
無須畏懼。因為，你都來到這裡了。
打倒被惡魔迷惑之人的魔宮勇者一行人，可是要滅亡魔界的。
不過，下一集可能得請各位給我一些時間。
相對的，我會竭盡全力，若各位願意再度拿起本作，我會非常感激。
那麼再會。

國家圖書館出版品預行編目資料

GOBLIN SLAYER! 哥布林殺手外傳 . 2, 鍔鳴的太刀 / 蝸牛くも作 ; Runoka 譯 . -- 1 版 . -- 臺北市 : 城邦文化事業股份有限公司尖端出版 : 英屬蓋曼群島商家庭傳媒股份有限公司城邦分公司發行 , 2022.03-
冊 ;　公分
譯自 : 鍔鳴の太刀 (ダイ・カタナ) : ゴブリンスレイヤー外伝 2
ISBN 978-626-316-554-0 (中冊 : 平裝)

861.57　　111000531

浮文字
GOBLIN SLAYER 哥布林殺手外傳2：鍔鳴的太刀 中
（原名：鍔鳴の太刀（ダイ・カタナ）：ゴブリンスレイヤー外伝2）

著　　者／蝸牛くも
繪　　者／lack
譯　　者／Runoka
榮譽發行人／黃鎮隆
執 行 長／陳君平
協　　理／洪琇菁
總 編 輯／呂尚燁
美術總監／沙雲佩
美術編輯／徐祺鈞
執行編輯／曾鈺淳
文字校對／施亞蒨
國際版權／黃令歡、梁名儀
企劃宣傳／楊玉如、施語宸、洪國瑋
內文排版／謝青秀

出　　版／城邦文化事業股份有限公司 尖端出版
台北市中山區民生東路二段一四一號十樓
電話：（〇二）二五〇〇－七六〇〇
傳真：（〇二）二五〇〇－二六八三
E-mail: 7novels@mail2.spp.com.tw
發　　行／英屬蓋曼群島商家庭傳媒股份有限公司城邦分公司 尖端出版
台北市中山區民生東路二段一四一號十樓
電話：（〇二）二五〇〇－七六〇〇（代表號）
傳真：（〇二）二五〇〇－一九七九
中彰投以北經銷／楨彥有限公司（含宜花東）
電話：（〇二）八九一九－三三六九
傳真：（〇二）八九一四－五五二四
雲嘉經銷／智豐圖書有限公司　嘉義公司
電話：（〇五）二三三－三八五二
傳真：（〇五）二三三－三八六三
客服專線：〇八〇〇－〇二八－〇二八
南部經銷／智豐圖書有限公司　高雄公司
電話：（〇七）三七三－〇〇七九
傳真：（〇七）三七三－〇〇八七
香港經銷／一代匯集
香港九龍旺角塘尾道六十四號龍駒企業大廈十樓B&D室
電話：（八五二）二七八三－八一〇二
傳真：（八五二）二五八二－一五二九
新馬經銷／城邦（馬新）出版集團 Cite（M）Sdn. Bhd.
E-mail: cite@cite.com.my
法律顧問／王子文律師　元禾法律事務所
台北市羅斯福路三段三十七號十五樓
二〇二二年三月一版一刷

■中文版■

郵購注意事項：
1.填妥劃撥單資料：帳號：50003021戶名：英屬蓋曼群島商家庭傳媒(股)公司城邦分公司。2.通信欄內註明訂購書名與冊數。3.劃撥金額低於500元，請加附掛號郵資50元。如劃撥日起 10～14日，仍未收到書時，請洽劃撥組。劃撥專線TEL：(03)312-4212 ・ FAX：(03)322-4621。E-mail：marketing@spp.com.tw